你看，
我有我的方向

徐志摩——著

北京时代华文书局

图书在版编目（CIP）数据

你看，我有我的方向 / 徐志摩著. -- 北京：北京时代华文书局，2020.6
（轻经典系列 / 陈丽杰主编）
ISBN 978-7-5699-3639-1

Ⅰ.①你… Ⅱ.①徐… Ⅲ.①散文集－中国－现代②诗集－中国－现代 Ⅳ.① I216.2

中国版本图书馆 CIP 数据核字（2020）第 061463 号

轻经典系列
QING JINGDIAN XILIE

你 看，我 有 我 的 方 向
NI KAN WO YOU WO DE FANGXIANG

著　　者｜徐志摩
出 版 人｜陈　涛
选题策划｜陈丽杰
责任编辑｜袁思远
执行编辑｜冯雪雪
责任校对｜徐敏峰
封面设计｜艾墨淇
版式设计｜王艾迪
责任印制｜訾　敬

出版发行｜北京时代华文书局　http://www.bjsdsj.com.cn
　　　　　北京市东城区安定门外大街 136 号皇城国际大厦 A 座 8 楼
　　　　　邮编：100011　电话：010-64267955　64267677

印　　刷｜河北京平诚乾印刷有限公司　010-60247905
　　　　　（如发现印装质量问题，请与印刷厂联系调换）

开　　本｜880mm×1230mm　1/32　印　张｜6.5　字　数｜200 千字
版　　次｜2021 年 6 月第 1 版　　　印　次｜2021 年 6 月第 1 次印刷
书　　号｜ISBN 978-7-5699-3639-1
定　　价｜42.00 元

版权所有，侵权必究

目录 CONTENTS

就使打破了头，也还要保持我灵魂的自由/ 002
自剖/ 005
再剖/ 012
求医/ 017
想飞/ 022
迎上前去/ 027
话/ 033
守旧与"玩"旧/ 045

一
人生随想

巴黎的鳞爪／ *054*

翡冷翠山居闲话／ *072*

我所知道的康桥／ *075*

天目山中笔记／ *085*

印度洋上的秋思／ *089*

北戴河海滨的幻想／ *096*

泰山日出／ *100*

丑西湖／ *103*

二

云 游 心 踪

泰戈尔 / *108*

济慈的《夜莺歌》/ *114*

拜伦 / *124*

罗曼·罗兰 / *133*

谒见哈代的一个下午 / *140*

一个行乞的诗人 / *146*

三
高山氤氲

雪花的快乐/ *162*　沙扬娜拉一首/ *163*
这是一个懦怯的世界/ *164*　为要寻一个明星/ *166*
去吧/ *167*　我有一个恋爱/ *168*
我等候你/ *170*　最后的那一天/ *174*
先生！先生！/ *175*　月下雷峰影片/ *177*
石虎胡同七号/ *178*　沪杭车中/ *180*
残诗/ *181*　翡冷翠的一夜/ *182*
再别康桥/ *185*　黄鹂/ *187*
生活/ *188*　残破/ *189*
我不知道风是在哪一个方向吹/ *191*　云游/ *193*
最后的那一天/ *194*　康桥再会吧/ *195*
火车擒住轨/ *200*

四
诗歌精选

一
人生随想

就使打破了头,也还要保持我灵魂的自由

照群众行为看起来,中国人是最残忍的民族。

照个人行为看起来,中国人大多数是最无耻的个人。慈悲的真义是感觉人类应感觉的感觉,和有胆量来表现内动的同情。

中国人只会在杀人场上听小热昏,决不会在法庭上贺喜判决无罪的刑犯;只想把洁白的人齐拉入混浊的水里,不会原谅拿人格的头颅去撞开地狱门的牺牲精神。只是"幸灾乐祸""投井下石",不会冒一点子险去分肩他人为正义而奋斗的负担。

从前在历史上,我们似乎听见过有什么义呀侠呀,什么当仁不让,见义勇为的榜样呀,气节呀,廉洁呀,等等。如今呢,只听见神圣的职业者接受蜜甜的"冰炭敬",磕拜寿祝福的响头,到处只见拍卖人格"贱卖灵魂"的招贴。这是革命最彰明的成绩,这是华族民国最动人的广告!

"无理想的民族必亡",是一句不刊的真言。我们目前的社会政治走的只是卑污苟且的路,最不能容许的是理想,因为理想好比一面大镜子,若然摆在面前,一定照出魑魅魍魉的丑迹。

莎士比亚的丑鬼卡立朋①（Caliban）有时在海水里照出自己的尊容，总是老羞成怒的。

所以每次有理想主义的行为或人格出现，这卑污苟且的社会一定不能容忍；不是拳打脚踢，也总是冷嘲热讽，总要把那三闾大夫②硬推入汨罗江底，他们方才放心。

我们从前是儒教国，所以从前理想人格的标准是智仁勇。

现在不知道变成了什么国了，但目前最普通人格的通性，明明是愚暗残忍懦怯，正得一个反面。但是真理正义是永生不灭的圣火；也许有时遭被蒙盖掩翳罢了。大多数的人一天二十四点钟的时间内，何尝没有一刹那清明之气的回复？但是谁有胆量来想他自己的想，感觉他内动的感觉，表现他正义的冲动呢？

蔡元培所以是个南边人说的"戆大"，愚不可及的一个书呆子，卑污苟且社会里的一个最不合时宜的理想者。所以他的话是没有人能懂的；他的行为是极少数人——如真有——敢表同情的；他的主张，他的理想，尤其是一盆飞旺的炭火，大家怕炙手，如何敢去抓呢？

"小人知进而不知退，"

"不忍为同流合污之苟安，"

---

① 卡立朋，通译凯列班，莎士比亚戏剧《暴风雨》中的人物，一个野蛮而丑怪的奴隶。
② 三闾大夫，即战国时期楚国的大诗人屈原。

"不合作主义，"

"为保持人格起见……"

"生平仅知是非公道，从不以人为单位。"

这些话有多少人能懂，有多少人敢懂？

这样的一个理想者，非失败不可；因为理想者总是失败的。

若然理想胜利，那就是卑污苟且的社会政治失败——那是一个过于奢侈的希望了。有知识有胆量能感觉的男女同志，应该认明此番风潮是个道德问题；随便彭允彝京津各报如何淆感，如何谣传，如何去牵涉政党，总不能掩没这风潮里面一点子理想的火星。要保全这点子小小的火星不灭，是我们的责任，是我们良心上的负担；我们应该积极同情这番拿人格头颅去撞开地狱门的精神。

（原刊于1923年1月28日《努力周报》第三十九期）

自　剖

我是个好动的人；每回我身体行动的时候，我的思想也仿佛就跟着跳荡。我做的诗，不论它们是怎样的"无聊"，有不少是在行旅期中想起的。我爱动，爱看动的事物，爱活泼的人，爱水，爱空中的飞鸟，爱车窗外掣过的田野山水。星光的闪动，草叶上露珠的颤动，花须在微风中的摇动，雷雨时云空的变动，大海中波涛的汹涌，都是在在触动我感兴的情景。是动，不论是什么性质，就是我的兴趣，我的灵感。是动就会催快我的呼吸，加添我的生命。

近来却大大的变样了。第一我自身的肢体，已不如原先灵活；我的心也同样的感受了不知是年岁还是什么的拘挛。动的现象再不能给我欢喜，给我启示。先前我看着在阳光中闪烁的余波，就仿佛看见了神仙宫阙——什么荒诞美丽的幻觉，不在我的脑中一闪闪的掠过；现在不同了，阳光只是阳光，流波只是流波，任凭景色怎样的灿烂，再也照不化我的呆木的心灵。我的思想，如其偶尔有，也只似岩石上的藤萝，贴着枯干的粗糙的石面，极困难的蜒着；颜色是苍黑的，姿态是崛强的。

我自己也不懂得何以这变迁来得这样的兀突，这样的深彻。原先我在人前自觉竟是一注的流泉，在在有飞沫，在在有闪光；现在这泉眼，如其还在，仿佛是叫一块石板不留余隙的给镇住了。我再没有先前那样蓬勃的情趣,每回我想说话的时候,就觉着那石块的重压,怎么也掀不动,怎么也推不开,结果只能自安沉默!"你再不用想什么了,你再没有什么可想的了";"你再不用开口了,你再没有什么话可说的了,"我常觉得我沉闷的心府里有这样半嘲讽半吊唁的谆嘱。

说来我思想上或经验上也并不曾经受什么过分剧烈的戟刺。我处境是向来顺的,现在如其有不同,只是更顺了的。那么为什么这变迁? 远的不说,就比如我年前到欧洲去时的心境:啊!我那时还不是一只初长毛角的野鹿? 什么颜色不激动我的视觉,什么香味不奋兴我的嗅觉? 我记得我在意大利写游记的时候,情绪是何等的活泼,兴趣何等的醇厚,一路来眼见耳听心感的种种,哪一样不活栩栩的业集在我的笔端,争求充分的表现! 如今呢? 我这次到南方去,来回也有一个多月的光景,这期内眼见耳听心感的事物也该有不少。我未动身前,又何尝不自喜此去又可以有机会饱餐西湖的风色,邓尉的梅香——单提一两件最合我脾胃的事。有好多朋友也曾期望我在这闲暇的假期中采集一点江南风趣,归来时,至少也该带回一两篇爽口的诗文,给在北京泥土的空气中活命的朋友们一些清醒的消遣。但在事实上不但在南中时我白瞪着大眼,看天亮换天昏,又闭上了眼,拼天昏换天亮,一枝秃笔跟着我涉海去,又跟着我涉海回来,正如岩洞里的一根石笋,压根儿就没一点摇动的消息;就在我回京后这十来天,任凭朋友们怎样的催促,自己良心怎样的责备,我的笔尖上还是滴不出一点墨沈来。我也曾勉强想想,勉强想写,但到底还是白费! 可怕是这心灵骤然的呆顿。完全死了不成? 我自己在疑惑。

说来是时局也许有关系。我到京几天就逢着空前的血案。五卅事件发生时我正在意大利山中，采茉莉花编花篮儿玩，翡冷翠①山中只见明星与流萤的交唤，花香与山色的温存，俗氛是吹不到的。直到七月间到了伦敦，我才理会国内风光的惨淡，等得我赶回来时，设想中的激昂，又早变成了明日黄花，看得见的痕迹只有满城黄墙上墨彩斑斓的"泣告"。

这回却不同。屠杀的事实不仅是在我住的城子里发见，我有时竟觉得是我自己的灵府里的一个惨象。杀死的不仅是青年们的生命，我自己的思想也仿佛遭着了致命的打击，比是国务院前的断胫残肢，再也不能回复生动与连贯。但这深刻的难受在我是无名的，是不能完全解释的。这回事变的奇惨性引起愤慨与悲切是一件事，但同时我们也知道在这根本起变态作用的社会里，什么怪诞的情形都是可能的。屠杀无辜，还不是年来最平常的现象。自从内战纠结以来，在受战祸的区域内，哪一处村落不曾分到过遭奸污的女性，屠残的骨肉，供牺牲的生命财产？这无非是给冤氛团结的地面上多添一团更集中更鲜艳的怨毒。再说哪一个民族的解放史能不浓浓的染着Martyrs②的腔血？俄国革命的开幕就是二十年前冬宫的血景。只要我们有识力认定，有胆量实行，我们理想中的革命，这回羔羊的血就不会是白涂的。所以我个人的沉闷决不完全是这回惨案引起的感情作用。

爱和平是我的生性。在怨毒、猜忌、残杀的空气中，我的神经每每感受一种不可名状的压迫。记得前年奉直战争时我过的那日子简直是一团黑漆，每晚更深时，独自抱着脑壳伏在书桌上受罪，仿佛整个时代的沉闷盖在我的头顶——直到写下了"毒药"那几首不成形的咒诅诗以后，

---

① 翡冷翠，通译佛罗伦萨。
② Martyrs，"殉难者""烈士"。

我心头的紧张才渐渐的缓和下去。这回又有同样的情形；只觉着烦，只觉着闷，感想来时只是破碎，笔头只是笨滞。结果身体也不舒畅，像是蜡油涂抹住了全身毛窍似的难过，一天过去了又是一天，我这里又在重演更深独坐箍紧脑壳的姿势，窗外皎洁的月光，分明是在嘲讽我内心的枯窘！

不，我还得往更深处挖。我不能叫这时局来替我思想骤然的呆顿负责，我得往我自己生活的底里找去。

平常有几种原因可以影响我们的心灵活动。实际生活的牵掣可以劫去我们心灵所需要的闲暇，积成一种压迫。在某种热烈的想望不曾得满足时，我们感觉精神上的烦闷与焦躁，失望更是颠覆内心平衡的一个大原因；较剧烈的种类可以麻痹我们的灵智，淹没我们的理性。但这些都合不上我的病源；因为我在实际生活里已经得到十分的幸运，我的潜在意识里，我敢说不该有什么压着的欲望在作怪。

但是在实际上反过来看另有一种情形可以阻塞或是减少你心灵的活动。我们知道舒服、健康、幸福，是人生的目标，我们因此推想我们痛苦的起点是在望见那些目标而得不到的时候。我们常听人说"假如我像某人那样生活无忧我一定可以好好的做事，不比现在整天的精神全花在琐碎的烦恼上"。我们又听说"我不能做事就为身体太坏，若是精神来得，那就……"我们又常常设想幸福的境界，我们想"只要有一个意中人在跟前那我一定奋发，什么事做不到？"但是不，在事实上，舒服、健康、幸福，不但不一定是帮助或奖励心灵生活的条件，它们有时正得相反的效果。我们看不起有钱人，在社会上得意人，肌肉过分发展的运动家，也正在此；至于年少人幻想中的美满幸福，我敢说等得当真有了红袖添香，你的书也就读不出所以然来，且不说什么在学问上或艺术上更认真的工作。

那末生活的满足是我的病源吗？

"在先前的日子"，一个真知我的朋友，就说："正为是你生活不得平衡，正为你有欲望不得满足，你的压在内里的 Libido① 就形成一种升华的现象，结果你就借文学来发泄你生理上的郁结（你不常说你从事文学是一件不预期的事吗？）这情形又容易在你的意识里形成一种虚幻的希望，因为你的写作得到一部分赞许，你就自以为确有相当创作的天赋以及独立思想的能力。但你只是自冤自，实在你并没有什么超人一等的天赋，你的设想多半是虚荣，你的以前的成绩只是升华的结果。所以现在等得你生活换了样，感情上有了安顿，你就发见你向来写作的来源顿呈萎缩甚至枯竭的现象；而你又不愿意承认这情形的实在，妄想到你身子以外去找你思想枯窘的原因，所以你就不由的感到深刻的烦闷。你只是对你自己生气，不甘心承认你自己的本相。不，你原来并没有三头六臂的！

"你对文艺并没有真兴趣，对学问并没有真热心。你本来没有什么更高的志愿，除了相当合理的生活，你只配安分做一个平常人，享你命里铸定的'幸福'；在事业界，在文艺创作界，在学问界内，全没有你的位置，你真的没有那能耐。不信你只要自问在你心里的心里有没有那无形的'推力'，整天整夜的恼着你，逼着你，督着你，放开实际生活的全部，单望着不可捉模的创作境界里去冒险？是的，顶明显的关键就是那无形的推力或是冲动（The Impulse），没有它人类就没有科学，没

---

① Libilo，通译里比多，心理学名词。

有文学,没有艺术,没有一切超越功利实用性质的创作。你知道在国外(国内当然也有,许没那样多)有多少人被这无形的推力驱使着,在实际生活上变成一种离魂病性质的变态动物,不但人间所有的虚荣永远沾不上他们的思想,就连维持生命的睡眠饮食,在他们都失了重要,他们全部的心力只是在他们那无形的推力所指示的特殊方向上集中应用。怪不得有人说天才是疯癫;我们在巴黎、伦敦不就到处碰得着这类怪人?如其他是一个美术家,恼着他的就只怎样可以完全表现他那理想中的形体;一个线条的准确,某种色彩的调谐,在他会得比他生身父母的生死与国家的存亡更重要,更迫切,更要求注意。我们知道专门学者有终身掘坟墓的,研究蚊虫生理的,观察亿万万里外一个星的动定的。并且他们决不问社会对于他们的劳力有否任何的认识,那就是虚荣的进路;他们是被一点无形的推力的魔鬼蛊定了的。

"这是关于文艺创作的话。你自问有没有这种情形。你也许经验过什么'灵感',那也许有,但你却不要把刹那误认作永久,虚幻认作真实。至于说思想与真实学问的话,那也得背后有一种推力,方向许不同,性质还是不变。做学问你得有原动的好奇心,得有天然热情的态度去做求知识的工夫。真思想家的准备,除了特强的理智,还得有一种原动的信仰;信仰或寻求信仰,是一切思想的出发点;极端的怀疑派思想也只是期望重新位置信仰的一种努力。从古来没有一个思想家不是宗教性的。在他们,各按各的倾向,一切人生的和理智的问题是实在有的;神的有无,善与恶,本体问题,认识问题,意志自由问题,在他们看来都是含逼迫性的现象,要求合理的解答——比山岭的崇高,水的流动,爱的甜蜜更真,更实在,更耸动。他们的一点心灵,就永远在他们设想的一种或多种问题的周围飞舞、旋绕,正如灯蛾之于火焰:牺牲自身来贯彻火焰中心的秘密,是他们共有的决心。

"这种惨烈的情形,你怕也没有吧?我不说你的心幕上就没有思想的影子;但它们怕只是虚影,像水面上的云影,云过影子就跟着消散,不是石上的溜痕越日久越深刻。

"这样说下来,你倒可以安心了!因为个人最大的悲剧是设想一个虚无的境界来谎骗你自己;骗不到底的时候你就得忍受'幻灭'的莫大的苦痛。与其那样,还不如及早认清自己的深浅,不要把不必要的负担,放上支撑不住的肩背,压坏你自己,还难免旁人的笑话!朋友,不要迷了,定下心来享你现成的福分吧;思想不是你的分,文艺创作不是你的分,独立的事业更不是你的分!天生抗了重担来的那也没法想(哪一个天才不是活受罪!)你是原来轻松的,这是多可羡慕,多可贺喜的一个发见!算了吧,朋友!"

(原刊1926年4月3日《晨报副刊》,收入《自剖文集》)

再　剖

你们知道喝醉了想吐吐不出或是吐不爽快的难受不是？这就是我现在的苦恼；肠胃里一阵阵的作恶，腥腻从食道里往上泛，但这喉关偏跟你别扭，它捏住你，逼住你，逗着你——不，它且不给你痛快哪！前天那篇"自剖"，就比是哇出来的几口苦水，过后只是更难受，更觉着往上冒。我告你我想要怎么样。

我要孤寂：要一个静极了的地方——森林的中心，山洞里，牢狱的暗室里——再没有外界的影响来逼迫或引诱你的分心，再不须计较旁人的意见，喝采或是嘲笑，当前唯一的对象是你自己：你的思想，你的感情，你的本性。那时它们再不会躲避，不曾隐遁，不曾装作；赤裸裸的听凭你察看、检验审问。你可以放胆解去你最后的一缕遮盖，袒露你最自怜的创伤，最掩讳的私亵。那才是你痛快一吐的机会。

但我现在的生活情形不容我有那样一个时机。白天太忙（在人前一个人的灵性永远是蜷缩在壳内的蜗牛），到夜里，比如此刻，静是静了，人可又倦了，惦着明天的事情又不得不早些休息。啊，我真羡慕我台上放着那块唐砖上的佛像，他在他的莲台上瞑目坐着，什么都摇不动他那入定的圆澄。我们只是在烦恼网里过日子的众生，怎敢企望那光明无碍的境界！有鞭子下来，我们躲；见好吃的，我们唾涎；听声响，我们着忙；逢着痛痒，我们着恼。我们是鼠、是狗、是刺猬、是天上星星与地上泥土间爬着的虫。哪里有工夫，即使你有心想亲近你自己？哪里有机会，即使你想痛快的一吐？

前几天也不知无形中经过几度挣扎，才呕出那几口苦水，这在我虽则难受还是照旧，但多少总算是发泄。事后我私下觉着愧悔，因为我不该拿我一己苦闷的骨鲠，强读者们陪着我吞咽。是苦水就不免熏蒸的恶味。我承认这完全是我自私的行为，不敢望恕的。我唯一的解嘲是这几口苦水的确是从我自己的肠胃里呕出——不是去脏水桶里舀来的。我不曾期望同情，我只要朋友们认识我的深浅——（我的浅？）我最怕朋友们的容宠容易形成一种虚拟的期望；我这操刀自剖的一个目的，就在及早解卸我本不该扛上的担负。

是的，我还得往底里挖，往更深处剖。

最初我来编辑副刊，我有一个愿心。我想把我自己整个儿交给能容纳我的读者们，我心目中的读者们，说实话，就只这时代的青年。我觉着只有青年们的心窝里有容我的空隙，我要偎着他们的热血，听他们的脉搏。我要在我自己的情感里发见他们的情感，在我自己的思想里反映他们的思想。假如编辑的意义只是选稿、配版、付印、拉稿，那还不如去做银行的伙计——有出息得多。我接受编辑晨副的机会，就为这不单是机械性的一种任务。（感谢晨报主人的信任与容忍），晨报变了我的喇叭，从这管口里我有自由吹弄我古怪的不调谐的音调，它是我的镜子，在这平面上描画出我古怪的不调谐的形状。我也决不掩讳我的原形：我就是我。记得我第一次与读者们相见，就是一篇供状。我的经过，我的深浅，我的偏见，我的希望，我都曾经再三的声明，怕是你们早听厌了。但初起我有一种期望是真的——期望我自己。也不知那时间为什么原因我竟有那活棱棱的一副勇气。我宣言我自己跳进了这现实的世界，存心想来对准人生的面目认他一个仔细。我信我自己的热心（不是知识）多少可以给我一些对敌力量的。我想拼这一天，把我的血肉与灵魂，放进这现实世界的磨盘里去捱，锯齿下去拉，——我就要尝那味儿！只有这样，我想才可以期望我主办的刊物多少是一个有生命气息的东西；才可以期望在作者与读者间发生一种活的关系；才可以期望读者们觉着这一长条报纸与黑的字印的背后，的确至少有一个活着的人与一个动着的心，他的把握是在你的腕上，他的呼吸吹在你的脸上，他的欢喜，他的惆怅，他的迷惑，他的伤悲，就比是你自己的，的确是从一个可认识的主体上发出来的变化——是站在台上人的姿态，——不是投射在白幕上的虚影。

并且我当初也并不是没有我的信念与理想。有我崇拜的德性，有我信仰的原则。有我爱护的事物，也有我痛疾的事物。往理性的方向走，往爱心与同情的方向走，往光明的方向走，往真的方向走，往健康快乐的方向走，往生命，更多更大更高的生命方向走——这是我那时的一点"赤子之心"。我恨的是这时代的病象，什么都是病象：猜忌、诡诈、小巧、倾轧、挑拨、残杀、互杀、自杀、忧愁、作伪、肮脏。我不是医生，不会治病；我就有一双手，趁它们活灵的时候，我想，或许可以替这时代打开几扇窗，多少让空气流通些，浊的毒性的出去，清醒的洁净的进来。

但紧接着我的狂妄的招摇，我最敬畏的一个前辈（看了我的吊刘叔和文）就给我当头一棒：……既立意来办报而且郑重宣言"决意改变我对人的态度"，那么自己的思想就得先磨冶一番，不能单凭主觉，随便说了就算完事。迎上前去，不要又退了回来！一时的兴奋，是无用的，说话越觉得响亮起劲，跳踯有力，其实即是内心的虚弱，何况说出衰颓懊丧的语气,教一般青年看了,更给他们以可怕的影响,似乎不是志摩这番挺身出马的本意!……

迎上前去,不要又退了回来!这一喝这几个月来就没有一天不在我"虚弱的内心"里回响。实际上自从我喊出"迎上前去"以后,即使不曾撑开了往后退,至少我自己觉不得我的脚步曾经向前挪动。今天我再不能容我自己这梦梦的下去。算清亏欠,在还算得清的时候,总比窝着混着强。我不能不自剖。冒着"说出衰颓懊丧的语气"的危险,我不能不利用这反省的锋刃,劈去纠着我心身的累赘、淤积,或许这来倒有自我真得解放的希望?

想来这做人真是奥妙。我信我们的生活至少是复性的。看得见,觉得着的生活是我们的显明的生活,但同时另有一种生活,跟着知识的开豁逐渐胚胎、成形、活动,最后支配前一种的生活比是我们投在地上的身影,跟着光亮的增加渐渐由模糊化成清晰,形体是不可捉的,但它自有它的奥妙的存在,你动它跟着动,你不动它跟着不动。在实际生活的匆遽中,我们不易辨认另一种无形的生活的并存,正如我们在阴地里不见我们的影子;但到了某时候某境地忽的发见了它,不容否认的踵接着你的脚跟,比如你晚间步月时发见你自己的身影。它是你的性灵的或精神的生活。你觉到你有超实际生活的性灵生活的俄顷,是你一生的一个大关键!你许到极迟才觉悟(有人一辈子不得机会),但你实际生活中的经历、动作、思想,没有一丝一屑不同时在你那跟着长成的性灵生活中留着"对号的存根",正如你的影子不放过你的一举一动,虽则你不注意到或看不见。

我这时候就比是一个人初次发见他有影子的情形。惊骇、讶异、迷惑、耸悚、猜疑、恍惚同时并起,在这辨认你自身另有一个存在的时候。我这辈子只是在生活的道上盲目的前冲，一时踹入一个泥潭，一时踏折一支草花，只是这无目的的奔驰；从哪里来，向哪里去，现在在哪里，该怎么走，这些根本的问题却从不曾到我的心上。但这时候突然的，恍然的我惊觉。仿佛是一向跟着我形体奔波的影子忽然阻住了我的前路，责问我这匆匆的究竟是为什么！

一种新意识的诞生。这来我再不能盲冲，我至少得认明来踪与去迹，该怎样走法如其有目的地，该怎样准备如其前程还在遥远？

啊，我何尝愿意吞这果子，早知有这多的麻烦！现在我第一要考查明白的是这"我"究竟是怎么一回事；然后再决定掉落在这生活道上的"我"的赶路方法。以前种种动作是没有这新意识作主宰的；此后，什么都得由它。

（原刊1926年4月7日《晨报副刊》，收入《自剖文集》）

求　医

To understand that the sky is everywhere blue, it is not necessary to have travelled all round the world.

——Goethe

新近有一个老朋友来看我，在我寓里住了好几天。彼此好久没有机会谈天，偶尔通信也只泛泛的；他只从旁人的传说中听到我生活的梗概，又从他所听到的推想及我更深一义的生活的大致。他早把我看作"丢了"。谁说空闲时间不能离间朋友间的相知？但这一次彼此又捡起了，理清了早年息息相通的线索，这是一个愉快！单说一件事：他看看我四月间副刊上的两篇"自剖"，他说他也有文章做了，他要写一篇"剖志摩的自剖"。他却不曾写：我几次逼问他，他说一定在离京前交卷。有一天他居然谢绝了约会，躲在房子里装病，想试他那柄解剖的刀。晚上见他的时候，他文章不曾做起，脸上倒真的有了病容！"不成功，"他说，"不要说剖，我这把刀，即使有，早就在刀鞘里锈住了，我怎么也拉它不出来！我倒自己发生了恐怖，这回回去非发奋不可。"打了全军覆没的大败仗回来的，也没有他那晚谈话时的沮丧！

但他这来还是帮了我的忙；我们俩连着四五晚通宵的谈话，在我至少感到了莫大的安慰。我的朋友正是那一类人，说话是绝对不敏捷的，他那永远茫然的神情与偶尔激出来的几句话,在当时极易招笑,但在事后往往透出极深刻的意义,在听着的人的心上不易磨灭:别看他说话的外貌乱石似的粗糙,它那核心里往往藏着直觉的纯璞。他是那一类的朋友,他那不浮夸的同情心在无形中启发你思想的活动,叫逗你心灵深处的"解严":"你尽量披露你自己",他仿佛说"在这里你没有被误解的恐怖"。我们俩的谈话是极不平等的;十分里有九分半的时光是我占据的,他只贡献简短的评语,有时修正,有时赞许,有时引申我的意思;但他是一个理想的"听者",他能尽量的容受,不论对面来的是细流或是大水。

我的自剖文不是解嘲体的闲文,那是我个人真的感到绝望的呼声。"这篇文章是值得写的,"我的朋友说,"因为你这来冷酷的操刀,无顾恋的劈剖你自己的思想,你至少摸着了现代的意识的一角;你剖的不仅是你,我也叫你剖着了,正如歌德说的'要知道天到处是碧蓝,并用不着到全世界去绕行一周'。你还得往更深处剖,难得你有勇气下手;你还得如你说的,犯着恶心呕苦水似的呕,这时代的意识是完全叫种种相冲突的价值的尖刺给交占住,支离了缠昏了的,你希冀回复清醒与健康先得清理你的外邪与内热。至于你自己,因为发见病象而就放弃希望,当然是不对的;我可以替你开方。你现在需要的没有别的,你只要多多的睡!休息、休养,到时候你自会强壮。我是开口就会牵到歌德的,你不要笑;歌德就是懂得睡的秘密的一个,他每回觉得他的创作活动有退潮的趋向,他就上床去睡,真的放平了身子的睡,不是喻言,直睡到精神回复了,一线新来的波澜逼着他再来一次发疯似的创作。你近来的沉闷,在我看,也只是内心需要休息的符号。正如潮水有涨落的现象,我们劳心的也不免同样受这自然律的支配。你怎么也不该挫气,你正应得利用这时期;休息不是工作的断绝,它是消极的活动;这正是你吸新营养取得新生机的机会。听凭地面上风吹的怎样尖厉,霜盖得怎么严密,你只要安心在泥土里等着，不愁到时候没有再来一次爆发的惊喜。"

这是他开给我的药方。后来他又跟别的朋友谈起，他说我的病——如其是病——有两味药可医，一是"隐居"，一是"上帝"。烦闷是起源于精神不得充分的怡养；烦嚣的生活是劳心人最致命的伤，离开了就有办法，最好是去山林静僻处躲起。但这环境的改变，虽则重要，还只是消极的一面；为要启发性灵，一个人还得积极的寻求。比性爱更超越更不可摇动的一个精神的寄托——他得自动去发见他的上帝。

上帝这味药是不易配得的，我们姑且放开在一边（虽则我们不能因他字面的兀突就忽略它的深刻的涵养，那就是说这时代的苦闷现象隐示一种渐次形成宗教性大运动的趋向）；暂时脱离现社会去另谋隐居生活那味药，在我不但在事实上有要得到的可能，并且正合我新近一天迫似一天的私愿，我不能不计较一下。

我们都是在生活的蜘网中胶住了的细虫，有的还在勉强挣扎，大多数是早已没了生气，只当着风来吹动网丝的时候顶可怜相的晃动着，多经历一天人事，做人不自由的感觉也跟着真似一天。人事上的关连一天加密一天，理想的生活上的依据反而一天远似一天，仅是这飘忽忽的，仿佛是一块石子在一个无底的深潭中无穷尽的往下坠着似的——有到底的一天吗，天知道！实际的生活逼得越紧，理想的生活窘得越空，你这空手仆仆的不"丢"怎么着？你睁开眼来看看，见着的只是一个悲惨的世界，我们这倒运的民族眼下只有两种人可分，一种是在死的边沿过活的，又一种简直是在死里面过活的：你不能不发悲心不是，可是你有什么能耐能抵挡这普遍"死化"的凶潮，太凄惨了呀这"人道的幽微的悲切的音乐"！那么你闭上眼吧，你只是发见另一个悲惨的世界：你的感情，你的思想，你的意志，你的经验，你的理想，有那一样调谐的，有那一样容许你安舒的？你想要攀援，但是你的力量？你仿佛是掉落在一个井里，四边全是光油油不可攀援的陡壁，你怎么想上得来？就我个人说，所谓教育只是"画皮"的勾当，我何尝得到一点真的知识？说经验吧；不错，我也曾进货似的运得一部分的经验，但这都是硬性的，杂乱的，不经受意识渗透的；经验自经验，我自我，这一屋子满满的生客只使主人觉得迷惑、慌张、害怕。不，我不但不曾"找到"我自己；我竟疑心我是"丢"定了的。曼殊斐儿在她的日记里写——

我不是晶莹的透彻。

我什么都不愿意的。全是灰色的；重的、闷的。我要生活，这话怎么讲？单说是太易了。可是你有什么法子？

所有我写下的，所有我的生活，全是在海水的边沿上。这仿佛是一种玩艺。我想把我所有的力量全给放上去，但不知怎的我做不到。

前这几天，最使人注意的是蓝的色彩。蓝的天，蓝的山，——一切都是神异的蓝！但深黄昏的时刻才真是时光的时光。当着那时候，面前放着非人间的美景，你不难领会到你应分走的道儿有多远。珍重你的笔，得不辜负那上升的明月，那白的天光。你得够"简洁"的。正如你在上帝跟前得简洁。

我方才细心的刷净收拾我的水笔。下回它再要是漏，那它就不够格儿。

我觉得我总不能给我自己一个沉思的机会，我正需要那个。我觉得我的心地不够清白，不识卑，不兴。这底里的渣子新近又漾了起来。我对着山看，我见着的就是山。说实话？我念不相干的书⋯⋯不经心，随意？是的，就是这情形。心思乱，含糊，不积极，尤其是躲懒，不够用工。——白费时光。我早就这么喊着——现在还是这呼声。为什么这阑珊的，你？啊，究竟为什么？

我一定得再发心一次，我得重新来过。我再来写一定得简洁的、充实的、自由的写，从我心坎里出来的。平心静气的，不问成功或是失败，就这往前去做去。但是这回得下决心了！尤其得跟生活接近。跟这天、这月、这些星、这些冷落的坦白的高山。

"我要是身体健，"曼殊斐儿在又一处写，"我就一个跑到一个地方去，在一株树下坐着去。"她这苦痛的企求内心的莹澈与生活的调谐，那一个字不在我此时比她更"散漫、含糊、不积极"的心境里引起同情的回响！啊，谁不这样想：我要是能，我一定跑到一个地方在一株树下坐着去。但是你能吗？

（原刊1926年9月6日《晨报副刊》，收入《自剖文集》）

想　飞

假如这时候窗子外有雪——街上，城墙上，屋脊上，都是雪，胡同口一家屋檐下偎着一个戴黑兜帽的巡警，半拢着睡眼，看棉团似的雪花在半空中跳着玩……假如这夜是一个深极了的啊，不是壁上挂钟的时针指示给我们看的深夜，这深就比是一个山洞的深，一个往下钻螺旋形的山洞的深……

假如我能有这样一个深夜，它那无底的阴森捻起我遍体的毫管；再能有窗子外不住往下筛的雪，筛淡了远近间飚动的市谣；筛泯了在泥道上挣扎的车轮；筛灭了脑壳中不妥协的潜流……

我要那深，我要那静。那在树荫浓密处躲着的夜鹰轻易不敢在天光还在照亮时出来睁眼。思想：它也得等。

青天里有一点子黑的。正冲着太阳耀眼，望不真，你把手遮着眼，对着那两株树缝里瞧，黑的，有榧子来大，不，有桃子来大——嘿，又移着往西了！

我们吃了中饭出来到海边去。（这是英国康槐尔极南的一角，三面是大西洋。）勖丽丽的叫响从我们的脚底下匀匀的往上颤，齐着腰，到了肩高,过了头顶,高入了云,高出了云。啊,你能不能把一种急震的乐音想象成一阵光明的细雨,从蓝天里冲着这平铺着青绿的地面不住的下?不,那雨点都是跳舞的小脚,安琪儿的。云雀们也吃过了饭,离开了它们卑微的地巢飞往高处做工去。上帝给它们的工作,替上帝做的工作。瞧着,这儿一只,那边又起了两!一起就冲着天顶飞,小翅膀动活的多快活,圆圆的,不踌躇的飞,——它们就认识青天。一起就开口唱,小嗓子动活的多快活,一颗颗小精圆珠子直往外唾,亮亮的唾,脆脆的唾,——它们赞美的是青天。瞧着,这飞得多高,有豆子大,有芝麻大,黑刺刺的一屑,直顶着无底的天顶细细的摇,——这全看不见了,影子都没了!但这光明的细雨还是不住的下着……

飞。"其翼若垂天之云……背负苍天,而莫之夭阏者";那不容易见着。我们镇上东关厢外有一座黄泥山,山顶上有一座七层的塔,塔尖顶着天。塔院里常常打钟,钟声响动时,那在太阳西晒的时候多,一枝艳艳的大红花贴在西山的鬓边回照着塔山上的云彩——钟声响动时,绕着塔顶尖,摩着塔顶天,穿着塔顶云,有一只两只,有时三只四只有时五只六只蜷着爪往地面瞧的"饿老鹰",撑开了它们灰苍苍的大翅膀没挂恋似的在盘旋,在半空中浮着,在晚风中泅着,仿佛是按着塔院钟的波荡来练习圆舞似的。那是我做孩子时的"大鹏"。有时好天抬头不见一瓣云的时候听着哓忱忱的叫响,我们就知道那是宝塔上的饿老鹰寻食吃来了,这一想象半天里秃顶圆睛的英雄,我们背上的小翅膀骨上就仿佛豁出了一铿铿铁刷似的羽毛,摇起来呼呼响的,只一摆就冲出了书房门,钻入了玳瑁镶边的白云里玩儿去,谁耐烦站在先生书桌前晃着身子背早上的多难背的书!啊,飞!不是那在树枝上矮矮的跳着的麻雀儿的飞;不是那凑天黑从堂屋后背冲出来赶蚊子吃的蝙蝠的飞;也不是那软尾巴软嗓子做窠在堂檐上的燕子的飞。要飞就得满天飞,风拦不住云挡不住的飞,一翅膀就跳过一座山头,影子下来遮得阴二十亩稻田的飞,到天晚飞倦了就来绕着那塔顶尖顺着风向打圆圈做梦……听说饿老鹰会抓小鸡！

飞。人们原来都是会飞的。天使们有翅膀，会飞，我们初来时也有翅膀，会飞。我们最初来就是飞了来的，有的做完了事还是飞了去，他们是可羡慕的。但大多数人是忘了飞的，有的翅膀上掉了毛不长再也飞不起来，有的翅膀叫胶水给胶住了再也拉不开，有的羽毛叫人给修短了像鸽子似的只会在地上跳，有的拿背上一对翅膀上当铺去典钱使过了期再也赎不回……真的，我们一过了做孩子的日子就掉了飞的本领。但没了翅膀或是翅膀坏了不能用是一件可怕的事。因为你再也飞不回去，你蹲在地上呆望着飞不上去的天，看旁人有福气的一程一程的在青云里逍遥，那多可怜。而且翅膀又不比是你脚上的鞋，穿烂了可以再问妈要一双去，翅膀可不成，折了一根毛就是一根，没法给补的。还有，单顾着你翅膀也还不定规到时候能飞，你这身子要是不谨慎养太肥了，翅膀力量小再也拖不起，也是一样难不是？一对小翅膀驮不起一个胖肚子，那情形多可笑！到时候你听人家高声的招呼说，朋友，回去吧，趁这天还有紫色的光，你听他们的翅膀在半空中沙沙的摇响，朵朵的春云跳过来拥着他们的肩背，望着最光明的来处翩翩的，冉冉的，轻烟似的化出了你的视域，像云雀似的只留下一泻光明的骤雨——"Thou art unseen but yet I hear thy shrill delight"①——那你，独自在泥涂里淹着，够多难受，够多懊恼，够多寒伧！趁早留神你的翅膀，朋友？

是人没有不想飞的。老是在这地面上爬着够多厌烦，不说别的。飞出这圈子，飞出这圈子！到云端里去，到云端里去！那个心里不成天千百遍

---

① 大意是"你无影无踪，但我仍听见你的尖声欢叫"。

的这么想？飞上天空去浮着，看地球这弹丸在太空里滚着，从陆地看到海，从海再看回陆地。凌空去看一个明白——这才是做人的趣味，做人的权威，做人的交代。这皮囊要是太重挪不动，就掷了它，可能的话，飞出这圈子，飞出这圈子！

人类初发明用石器的时候，已经想长翅膀。想飞。原人洞壁上画的四不像，它的背上掮着翅膀；拿着弓箭赶野兽的，他那肩背上也给安了翅膀。小爱神是有一对粉嫩的肉翅的。挨开拉斯①（Icarus）是人类飞行史里第一个英雄，第一次牺牲。安琪儿（那是理想化的人）第一个标记是帮助他们飞行的翅膀。那也有沿革——你看西洋画上的表现。最初像是一对小精致的令旗，蝴蝶似的粘在安琪儿们的背上，像真的，不灵动的。渐渐的翅膀长大了，地位安准了，毛羽丰满了。画图上的天使们长上了真的可能的翅膀。人类初次实现了翅膀的观念，彻悟了飞行的意义。挨开拉斯闪不死的灵魂，回来投生又投生。人类最大的使命，是制造翅膀；最大的成功是飞！理想的极度，想象的止境，从人到神！诗是翅膀上出世的；哲理是在空中盘旋的。飞：超脱一切，笼盖一切，扫荡一切，吞吐一切。

你上那边山峰顶上试去，要是度不到这边山峰上，你就得到这万丈的深渊里去找你的葬身地！"这人形的鸟会有一天试他第一次的飞行，给这世界惊骇，使所有的著作赞美，给他所从来的栖息处永久的光荣。"啊达文睿！

---

① 挨开拉斯，现通译伊卡罗斯，古希腊传说中能工巧匠代达洛斯（Daedalus）的儿子。他们父子用蜂蜡粘贴羽毛做成双翼，腾空飞行。由于伊卡罗斯飞得太高，太阳把蜂蜡晒化，使他坠海而死。

但是飞？自从挨开拉斯以来，人类的工作是制造翅膀，还是束缚翅膀？这翅膀，承上了文明的重量，还能飞吗？都是飞了来的，还都能飞了回去吗？钳住了，烙住了，压住了——这人形的鸟会有试他第一次飞行的一天吗？

同时天上那一点子黑的已经迫近在我的头顶，形成了一架鸟形的机器，忽的机沿一侧，一球光直往下注，砌的一声炸响——炸碎了我在飞行中的幻想，青天里平添了几堆破碎的浮云。

迎 上 前 去

这回我不撒谎，不打隐谜，不唱反调，不来烘托；我要说几句，至少我自己信得过的话，我要痛快的招认我自己的虚实，我愿意把我的花押画在这张供状的末尾。

我要求你们大量的容许，准我在我第一天接手《晨报副刊》的时候，介绍我自己，解释我自己，鼓励我自己。

我相信真的理想主义者是受得住眼看他往常保持着的理想煨成灰、碎成断片、烂成泥，在这灰、这断片、这泥的底里，他再来发现他更伟大、更光明的理想。我就是这样的一个。

只有信生病是荣耀的人们才来不知耻的高声嚷痛；这时候他听着有脚步声，他以为有帮助他的人向着他来，谁知是他自己的灵性离了他去！真有志气的病人，在不能自己豁脱苦痛的时候，宁可死休，不来忍受医药与慈善的侮辱。我又是这样的一个。

我们在这生命里到处碰头失望，连续遭逢"幻灭"，头顶只见乌云，地下满是黑影；同时我们的年岁、病痛、工作、习惯，恶狠狠的压上我们的肩背，一天重似一天，在无形中嘲讽的呼喝着，"倒，倒，你这不量力的蠢才！"因此你看这满路的倒尸，有全死的，有半死的，有爬着挣扎的，有默无声息的……嘿！生命这十字架，有几个人抗得起来？

但生命还不是顶重的担负，比生命更重实更压得死人的是思想那十字架。人类心灵的历史里能有几个天成的孟贲乌育①？在思想可怕的战场上我们就只有数得清有限的几具光荣的尸体。

我不敢非分的自夸；我不够狂，不够妄。我认识我自己力量的止境，但我却不能制止我看了这时候国内思想界萎瘪现象的愤懑与羞恶。我要一把抓住这时代的脑袋，问它要一点真思想的精神给我看看——不是借来的税来的冒来的描来的东西，不是纸糊的老虎，摇头的傀儡，蜘蛛网幕面的偶像；我要的是筋骨里迸出来，血液里激出来，性灵里跳出来，生命里震荡出来的真纯的思想。我不来问他要，是我的懦怯；他拿不出来给我看，是他的耻辱。朋友，我要你选定一边，假如你不能站在我的对面，拿出我要的东西来给我看，你就得站在我这一边，帮着我对这时代挑战。

我预料有人笑骂我的大话。是的，大话。我正嫌这年头的话太小了，我们得造一个比小更小的字来形容这年头听着的说话，写下印成的文字；我们得请一个想象力细致如史魏夫脱②（Dean Swift）的来描写那些说小话的小口，说尖话的尖嘴。一大群的食蚁兽！他们最大的快乐是忙着他们的尖喙在泥土里垦寻细微的蚂蚁。蚂蚁是吃不完的，同时这可笑的

---

① 孟贲乌育，通译墨尔波墨涅，希腊神话中专司悲剧的文艺女神。在近代西方作品中，墨尔波墨涅有时用作"戏剧"的代名词。
② 史魏夫特，通译斯威夫斯（1667—1745），英国作家，杰出的讽刺大师，代表作为寓言小说《格列佛游记》。

尖嘴却益发不住的向尖的方向进化，小心再隔几代连蚂蚁这食料都显太大了！

我不来谈学问，我不配，我书本的知识是真的十二分的有限。年轻的时候我念过几本极普通的中国书，这几年不但没有知新，温故都说不上，我实在是孤陋，但我却抱定孔子的一句话"知之为知之，不知为不知，是知也"，决不来强不知为知；我并不看不起国学与研究国学的学者，我十二分尊敬他们，只是这部分的工作我只能艳羡的看他们去做，我自己恐怕不但今天，竟许这辈子都没希望参加的了。外国书呢？看过的书虽则有几本，但是真说得上"我看过的"能有多少，说多一点，三两篇戏，十来首诗五六篇文章，不过这样罢了。

科学我是不懂的，我不曾受过正式的训练，最简单的物理化学，都说不明白，我要是不预备就去考中学校，十分里有九分是落第，你信不信！天上我只认识几颗大星，地上几棵大树！这也不是先生教我的；从先生那里学来的，十几年学校教育给我的，究竟有些什么，我实在想不起，说不上，我记得的只是几个教授可笑的嘴脸与课堂里强烈的催眠的空气。

我人事的经验与知识也是同样的有限，我不曾做过工；我不曾尝味过生活的艰难，我不曾打过仗，不曾坐过监，不曾进过什么秘密党，不曾杀过人，不曾做过买卖，发过一个大的财。

所以你看，我只是个极平常的人，没有出人头地的学问，更没有非常的经验。但同时我自信我也有我与人不同的地方。

我不曾投降这世界。我不受它的拘束。

我是一只没笼头的野马,我从来不曾站定过。我人是在这社会里活着,我却不是这社会里的一个,像是有离魂病似的,我这躯壳的动静是一件事,我那梦魂的去处又是一件事。我是一个傻子,我曾经妄想在这流动的生里发现一些不变的价值,在这打谎的世上寻出一些不磨灭的真,在我这灵魂的冒险是生命核心里的意义;我永远在无形的经验的巉岩上爬着。

冒险——痛苦——失败——失望,是跟着来的,存心冒险的人就得打算他最后的失望;但失望却不是绝望,这分别很大。我是曾经遭受失望的打击,我的头是流着血,但我的脖子还是硬的;我不能让绝望的重量压住我的呼吸,不能让悲观的慢性病侵蚀我的精神,更不能让厌世的恶质染黑我的血液。厌世观与生命是不可并存的;我是一个生命的信徒,起初是的,今天还是的,将来我敢说也是的。我决不容忍性灵的颓唐,那是最不可救药的堕落,同时却继续躯壳的存在;在我,单这开口说话,提笔写字的事实,就表示后背有一个基本的信仰,完全的没破绽的信仰;否则我何必再做什么文章,办什么报刊?

但这并不是说我不感受人生遭遇的痛创;我决不是那童呆性的乐观主义者;我决不来指着黑影说这是阳光,指着云雾说这是青天,指着分明的恶说这是善;我并不否认黑影、云雾与恶,我只是不怀疑阳光与青天与善的实在;暂时的掩蔽与侵蚀,不能使我们绝望,这正应得加倍的激动我们寻求光明的决心。前几天我觉着异常懊丧的时候无意中翻着尼采的一句话,极简单的几个字却涵有无穷的意义与强悍的力量,正如天上星斗的纵横与山川的经纬,在无声中暗示你人生的奥义,祛除你的迷惘,照亮你的思路,他说"受苦的人没有悲观的权利"(The sufferer has no right to pessimism),我那时感受一种异样的惊心,一种异样的澈悟:——

我不辞痛苦,因为我要认识你,上帝;
我甘心,甘心在火焰里存身,
到最后那时辰见我的真,
见我的真,我定了主意,上帝,再不迟疑!

所以我这次从南边回来,决意改变我对人生的态度,我写信给朋友说这来要来认真做一点"人的事业"了。——

我再不想成仙,蓬莱不是我的份;
我只要这地面,情愿安分的做人。

在我这"决心做人,决心做一点认真的事业",是一个思想的大转变;因为先前我对这人生只是不调和不承认的态度,因此我与这现世界并没有什么相互的关系,我是我,它是它,它不能责备我,我也不来批评它。但这来我决心做人的宣言却就把我放进了一个有关系,负责任的地位,我再不能张着眼睛做梦,从今起得把现实当现实看:我要来察看,我要来检查,我要来清除,我要来颠扑,我要来挑战,我要来破坏。

人生到底是什么?我得先对我自己给一个相当的答案。人生究竟是什么?为什么这形形色色的,纷扰不清的现象——宗教、政治、社会、道德、艺术、男女、经济?我来是来了,可还是一肚子的不明白,我得慢慢的看古玩似的,一件件拿在手里看一个清切再来说话,我不敢保证我的话一定在行,我敢担保的只是我自己思想的忠实,我前面说过我的学识是极浅陋的,但我却并不因此自馁,有时学问是一种束缚,知识是一层障碍,我只要能信得过我能看的眼,能感受的心,我就有我的话说;至于我说的话有没有人听,有没有人懂,那是另外一件事我管不着了——"有的人身死了才出世的,"谁知道一个人有没有真的出世那一天?

是的,我从今起要迎上前去!生命第一个消息是活动,第二个消息是搏斗,第三个消息是决定;思想也是的,活动的下文就是搏斗。搏斗就包含一个搏斗的对象,许是人,许是问题,许是现象,许是思想本体。一个武士最大的期望是寻着一个相当的敌手,思想家也是的,他也要一个可以较量他充分的力量的对象,"攻击是我的本性,"一个哲学家说,"要与你的对手相当——这是一个正直的决斗的第一个条件。你心存鄙夷的时候你不能搏斗。你占上风,你认定对手无能的时候你不应当搏斗。我的战略可以约成四个原则:——第一,我专打正占胜利的对象——在必要时我暂缓我的攻击,等他胜利了再开手;第二,我专打没有人打的对象,我这边不会有助手,我单独的站定一边——在这搏斗中我难为的只是我自己;第三,我永远不来对人的攻击——在必要时我只拿一个人格当显微镜用,借它来显出某种普遍的,但却隐遁不易踪迹的恶性;第四,我攻击某事物的动机,不包含私人嫌隙的关系,在我攻击是一个善意的,而且在某种情况下,感恩的凭证。"

这位哲学家的战略,我现在僭引作我自己的战略,我盼望我将来不至于在搏斗的沉酣中忽略了预定的规律,万一疏忽时我恳求你们随时提醒。我现在戴我的手套去!

(原刊1925年10月5日《晨报副刊》,收入《自剖文集》)

话

绝对的值得一听的话,是从不曾经人口说过的;比较的值得一听的话,都在偶然的低声细语中;相对的不值得一听的话,是有规律有组织的文字结构;绝对不值得一听的话,是用不经修练,又粗又蠢的嗓音所发表的语言。比如:正式集会的演说,不论是运动、女子参政或是宣传色彩鲜明的主义;学校里讲台上的演讲,不论是山西乡村里训阎阉圣人用民主主义的冬烘先生的法宝,或是穿了前红后白道袍方巾的博士衣的瞎扯;或是充满了烟士披里纯开口天父闭口阿门的讲道——都是属于我所说最后的一类:都是无条件的根本的绝对的不值得一听的话。

历代传下来的经典,大部分的文学书,小部分的哲学书,都是末了第二类——相对的不值得一听的话。至于相对的可听的话,我说大概都在偶然的低声细语中:例如真诗人梦境最深——诗人们除了做梦再没有正当的职业——神魂远在祥云缥缈之间那时候随意吐露出来的零句断片,英国大诗人宛茨渥士所谓茶壶煮沸时嘶嘶的微音;最可以象征入神的诗境——例如李太白的"我醉欲眠卿且去,明朝有意抱琴来",或是开茨的"There I shut her wild, wild eyes with kissesfour",你们知道宛茨渥士和雪莱他们不朽的诗歌,大都是在田野间,海滩边,树林里,独自徘徊着像离魂病似的自言自语的成绩;法国的波特莱亚、凡尔仑他们精美无比的妙句,很多是受了烈性的麻醉剂——大麻或是鸦片——影响的结果。这种话比较的很值得一听。

还有青年男女初次受了顽皮的小爱神箭伤以后，心跳肉颤面红耳赤的在花荫间在课室内，或在月凉如洗的墓园里，含着一包眼泪吞吐出来的——不问怎样的不成片段，怎样的违反文法——往往都是一颗颗希有的珍珠，真情真理的凝晶。但诸君要听明白了，我说值得一听的话大都是在偶然的低声和语中，不是说凡是低声和语都是值得一听的，要不然外交厅屏风后的交头接耳，家里太太月底月初枕头边的小噜苏，都有了诗的价值了！

绝对的值得一听的话，是从不曾经人口道过的。整个的宇宙，只是不断的创造；所有的生命，只是个性的表现。真消息，真意义，内蕴在万物的本质里，好像一条大河，网路似的支流，随地形的结构，四方错综着，由大而小，由小而微，由微而隐，由有形至无形，由可数至无限，但这看来极复杂的组织所表明的只是一个单纯的意义，所表现的只是一体活泼的精神；这精神是完全的，整个的，实在的；唯其因为是完全整个实在而我们人的心力智力所能运用的语言文字，只是不完全非整个的，类比的，象征的工具，所以人类几千年来文化的成绩，也只是想猜透这大迷谜似是而非的各种的尝试。人是好奇的动物；我们的心智，便是好奇心活动的表现。这心智的好奇性便是知识的起源。一部知识史，只是历尽了九九八十一大难却始终没有望见极乐世界求到大藏真经的一部西游记。说是快乐吧，明明是劫难相承的苦恼，说是苦恼，苦恼中又分明有无限的安慰。

我们各个人的一生便是人类全史的缩小，虽则不敢说我们都是寻求真理的合格者，但至少我们的胸中，在现在生命的出发时期，总应该培养一点寻求真理的诚心，点起一盏寻求真理的明灯，不至于在生命的道上只是暗中摸索，不至于盲目的走到了生命的尽头，什么发见都没有。

但虽则真消息与真意义是不可以人类智力所能运用的工具——就是语言文字——来完全表现，同时我们又感觉内心寻真求知的冲动，想侦探出这伟大的秘密，想把宇宙与人生的究竟，当作一朵盛开的大红玫瑰，一把抓在手掌中心，狠劲的紧挤，把花的色、香、灵肉，和我们自己爱美、爱色、爱香的烈情，绞和在一起，实现一个彻底的痛快；我们初上生命和知识舞台的人，谁没有，也许多少深浅不同，浮士德的大野心，他想"discover the force that binds the world and guides its course"谁不想在知识界里，做一个笼卷一切的拿破仑？

这种想为王为霸的雄心，都是生命原力内动的征象，也是所有的大诗人、大艺术家最后成功的预兆；我们的问题就在怎样能替这一腔还在潜伏状态中的活泼的蓬勃的心力心能，开辟一条或几条可以尽情发展的方向，使这一盏心灵的神灯，一度点着以后，不但继续的有燃料的供给，而且能在狂风暴雨的境地里，益发的光焰神明；使这初出山的流泉，渐渐的汇成活泼的小涧，沿路再并合了四方来会的支流，虽则初起经过崎岖的山路，不免辛苦，但一到了平原，便可以放怀的奔流，成河成江，自有无限的前途了。

真伟大的消息都蕴伏在万事万物的本体里，要听真值得一听的话，只有请教两位最伟大的先生。

现放在我们面前的两位大教授，不是别的，就是生活本体与大自然。生命的现象，就是一个伟大不过的神秘：墙角的草兰，岩石上的苔藓，北冰洋冰天雪地里的极熊水獭，城河边咭咭叫夜的水蛙，赤道上火焰似沙漠里的爬虫，乃至于弥漫在大气中的霉菌，大海底最微妙的生物；总之太阳热照到或能透到的地域，就有生命现象。我们若然再看深一层，不必有菩萨的慧眼，也不必有神秘诗人的直觉，但凭科学的常识，便可以知道这整个的宇宙，只是一团活泼的呼吸，一体普遍的生命，一个奥妙灵动的整体。一块极粗极丑的石子，看来像是全无意义毫无生命，但在显微镜底下看时，你就在这又粗又丑的石块里，发现一个神奇的宇宙，因为你那时所见的，只是千变万化颜色花样各各不同的种种结晶体，组成艺术家所不能想象的一种排列；若然再进一层研究，这无量数的凝晶各个的本体，又是无量数更神奇不可思议的电子所组成：这里面又是一个Cosmos，仿佛灿烂的星空，无量数的星球同时在放光辉在自由地呼吸着。

但我们决不可以为单凭科学的进步就能看破宇宙结构的秘密。这是不可能的。我们打开了一处知识的门，无非又发现更多还是关得紧紧的，猜中了一个小迷谜，无非从这猜中里又引起一个更大更难猜的迷谜，爬上了一个山峰，无非又发现前面还有更高更远的山峰。

这无穷尽性便是生命与宇宙的通性。知识的寻求固然不能到底，生命的感觉也有同样无限的境界。我们在地面上做人这场把戏里，虽则是霎那间的幻象，却是有的是好玩，只怕我们的精力不够，不曾学得怎样玩法，不怕没有相当的趣味与报酬。

所以重要的在于养成与保持一个活泼无碍的心灵境地，利用天赋的身与心的能力，自觉的尽量发展生活的可能性。活泼无碍的心灵境界：比如一张绷紧的弦琴，挂在松林的中间，感受大气小大快慢的动荡，发出高低缓急同情的音调。我们不是最爱自由最恶奴从吗？但我们向生命的前途看时，恐怕不易使我们乐观，除了我们一点无形无踪的心灵以外，种种的势力只是强迫我们做奴做隶的努力：种种对人的心与责任，社会的习惯，机械的教育，沾染的偏见，都像沙漠的狂风一样，卷起满天的砂土，不时可以把我们可怜的旅行人整个儿给埋了！

这就是宗教家出世主义的大原因，但出世者所能实现的至多无非是消极的自由，我们所要的却不止此。我们明知向前是奋斗，但我们却不肯做逃兵，我们情愿将所有的精液，一齐发泄成奋斗的汗，与奋斗的血，只要能得最后的胜利，那时尽量的痛苦便是尽量的快乐。我们果然能从生命的现象与事实里，体验到生命的实在与意义；能从自然界的现象与事实里，领会到造化的实在与意义，那时随我们付多大的价钱，也是值得的了。

要使生命成为自觉的生活，不是机械的生存，是我们的理想。要从我们的日常经验里，得到培保心灵扩大人格的资养，是我们的理想。要使我们的心灵，不但消极的不受外物的拘束与压迫，并且永远在继续的自动，趋向创作，活泼无碍的境界，是我们的理想。使我们的精神生活，取得不可否认的实在，使我们生命的自觉心，像大雪天滚雪球一般的愈滚愈大，不但在生活里能同化极伟大极深沉与极隐奥的情感，并且能领悟到大自然一草一木的精神，是我们的理想。使天赋我们灵肉两部的势力，尽性的发展，趋向最后的平衡与和谐，是我们的理想。

理想就是我们的信仰，努力的标准，果然我们能运用想象力为我们自己悬拟一个理想的人格，同时运用理智的机能，认定了目标努力去实现那理想，那时我们在奋斗的经程中，一定可以得到加倍的勇气，遇见了困难，也不至于失望，因为明知是题中应有的文章，我们的立身行事，也不必迁就社会已成的习惯与法律的范围，而自能折中于超出寻常所谓善恶的一种更高的道德标准；我们那时便可以借用李太白当时躲在山里自得其乐时答复俗客的妙句，"落花流水邈然去，别有天地非人间！"

我们也明知这不是可以偶然做到的境界；但问题是在我们能否见到这境界，大多数人只是不黑不白的生，不黑不白的死，耗费了不少的食料与饮料，耗费了不少的时间与空间，结果连自己的臭皮囊都收拾不了，还要连累旁人；能见到的人已经不少，见到而能尽力做去的人当然更少，但这极少数人却是文化的创造者，便能在梁任公先生说的那把宜兴茶壶里留下一些不磨的痕迹。

我个人也许见言太偏僻了，但我实在不敢信人为的教育，他动的训练，能有多大的价值：我最初最后的一句话，只是"自身体验去"，真学问、真知识决不是在教室中书本里所能求得的。

大自然才是一大本绝纱的奇书，每张上都写有无穷无尽的意义，我们只要学会了研究这一大本书的方法，多少能够了解他内容的奥义，我们的精神生活就不怕没有资养，我们理想的人格就不怕没有基础。但这本无字的天书，决不是没有相当的准备就能一目了然的：我们初识字的时候，打开书本子来，只见白纸上画的许多黑影，哪里懂得什么意义。我们现有的道德教育里哪一条训条，我们不能在自然界感到更深彻的意味，更亲切的解释？每天太阳从东方的地平上升，渐渐的放光，渐渐的放彩，渐渐的驱散了黑夜，扫荡了满天沉闷的云雾，霎刻间临照四方，光满大地；这是何等的景象？夏夜的星空，张着无量数光芒闪烁的神眼，衬出浩渺无极的穹苍，这是何等的伟大景象？大海的涛声不住的在呼啸起落，这是何等伟大奥妙的景象？高山顶上一体的纯白，不见一些杂色，只有天气飞舞着，云彩变幻着，这又是何等高尚纯粹的景象？小而言之，就是地上一棵极贱的草花，他在春风与艳阳中摇曳着，自有一种庄严愉快的神情，无怪诗人见了，甚至内感"非涕泪所能宣泄的情绪"。宛茨渥士说的自然"大力回容，有镇驯矫饬之功"，这是我们的真教育。但自然最大的教训，尤在"凡物各尽其性"的现象。玫瑰是玫瑰，海棠是海棠，鱼是鱼，鸟是鸟，野草是野草，流水是流水；各有各的特性，各有各的效用，各有各的意义。仔细的观察与悉心体会的结果，不由你不感觉万物造作之神奇，不由你不相信万物的底里是有一致的精神流贯其间，宇宙是合理的组织，人生也无非这大系统的一个关节。因此我们也感想到人类也许是最无出息的一类。一茎草有他的妩媚，一块石子也有他的特点，独有人反只是庸生庸死，大多数非但终身不能发挥他们可能的个性，而且遗下或是丑陋或是罪恶一类不洁净的踪迹，这难道也是造物主的本意吗？

我面前说过所有的生命只是个性的表现。只要在有生的期间内，将天赋可能的个性尽量的实现，就是造化旨意的完成。

我这几天在留心我们馆里的月季花，看他们结苞，看他们开放，看他们逐渐的盛开，看他们逐渐的憔悴，逐渐的零落。

我初动的感情觉得是可悲，何以美的幻象这样的易灭，但转念却觉得不但不必为花悲，而且感悟了自然生生不已的妙意。花的责任，就在集中他春来所吸受阳光雨露的精神，开成色香两绝的好花，精力完了便自落地成泥，圆满功德，明年再来过。

只有不自然的被摧残了，不能实现他自傲色香的一两天，那才是可伤的耗费。

不自然的杀灭了发长的机会，才是可惜，才是违反天意。

我们青年人应该时时刻刻把这个原则放在心里。不能在我生命里实现人之所以为人，我对不起自己。在为人的生活里不能实现我之所以为我，我对不起生命；这个原则我们也应该时时放在心里。

我们人类最大的幸福与权力，就是在生活里有相当的自由活动，我们可以自觉的调剂，整理，修饰，训练我们生活的态度，我们既然了解了生活只是个性的表现，只是一种艺术，就应得利用这一点特权将生活看作艺术品，谨慎小心的做去。运命论我们是不相信的，但就是相面算命先生也还承认心有改相致命的力量。环境论的一部分我们不得不承认，但是心灵支配环境的可能，至少也与环境支配生活的可能相等，除非我们自愿让物质的势力整个儿扑灭了心灵的发展，那才是生活里最大的悲惨。

我们的一生不成材不碍事：材是有用的意思；不成器也不碍事，器也是有用的意思。生活却不可不成品，不成格，品格就是个性的外现，是对于生命本体，不是对于其余的标准，例如社会家庭——直接担负的责任；橡树不是榆树，翠鸟不是鸽子，各有各的特异的品格。在造化的观点看来，橡树不是为柜子衣架而生，鸽子也不是为我们爱吃五香鸽子而存，这是他们偶然的用或被利用，物之所以为物的本义是在实现他天赋的品性，实现内部精力所要求的特异的格调。我们生命里所包涵的活力，也不问你在世上做将，做相，做资本家，做劳动者，做国会议员，做大学教授，而只要求一种特异品格的表现，独一的，自成一体的，不可以第二类相比称的，犹之一树上没有两张绝对相同的叶子，我们四万万人里也没有两个相同的鼻子。

而要实现我们真纯的个性，决不是仅仅在外表的行为上务为新奇务为怪僻——这是变性不是个性——真纯的个性是心灵的权力能够统制与调和身体，理智，情感，精神，种种造成人格的机能以后自然流露的状态，在内不受外物的障碍，像分光镜似的灵敏，不论是地下的泥砂，不论是远在万万里外的星辰,只要光路一对准,就能分出他光浪的特性;一次经验便是一次发明,因为是新的结合,新的变化。有了这样的内心生活,发之于外,当然能超于人为的条例而能与更深奥却更实在的自然规律相呼应,当然能实现一种特异的品与格,当然能在这大自然的系统里尽他特异的贡献,证明他自身的价值。

懂了物各尽其性的意义再来观察宇宙的事物,实在没有一件东西不是美的,一叶一花是美的不必说,就是毒性的虫,比如蝎子,比如蚂蚁,都是美的。只有人,造化期望最深的人,却是最辜负的,最使人失望的,因为一般的人,都是自暴自弃,非但不能尽性,而且到底总是糟蹋了原来可以为美可以为善的本质。

惭愧呀,人!好好一张可以做好文章的题目,却被你写做一篇一窍不通的滥调;好好一个画题,好好一张帆布,好好的颜色,都被你涂成奇丑不堪的滥画;好好的雕刀与花岗石,却被你斫成荒谬恶劣的怪像!好好的富有灵性可以超脱物质与普遍的精神共化永生的生命,却被你糟蹋亵渎成了一种丑陋庸俗卑鄙龌龊的废物!

生活是艺术。我们的问题就在怎样的运用我们现成的材料,实现我们理想的作品;怎样的可以像密仡郎其罗一样,取到了一大块矿山里初开出来的白石,一眼望过去,就看出他想象中的造像,已经整个的嵌稳着,以后只要下打开石子把他不受损伤的取了出来的工夫就是。所以我们再也不要抱怨环境不好不适宜,阻碍我们自由的发展,或是教育不好不适宜,不能奖励我们自由的发展。发展或是压灭,自由或是奴从,真生命或是苟活,成品或是无格——一切都在我们自己,全看我们在青年时期有否生命的觉悟,能否培养与保持心灵的自由,能否自觉的努力,能否把生活当作艺术,一笔不苟的做去。我所以回返重复的说明真消息、真意义、真教育决非人口或书本子可以宣传的，只有集中了我们的灵感性直接的一面向生命本体，一面向大自然耐心去研究，体验，审察，省悟，方才可以多少了解生活的趣味与价值与他的神圣。

因为思想与意念，都起于心灵与外象的接触：创造是活动与变化的结果。真纯的思想是一种想象的实在，有他自身的品格与美，是心灵境界的彩虹，是活着的胎儿。但我们同时有智力的活动，感动于内的往往有表现于外的倾向——大画家米莱氏说深刻的印象往往自求外现，而且自然的会寻出最强有力的方法来表现——结果无形的意念便化成有形可见的文字或是有声可闻的语言，但文字语言最高的功用就在能象征我们原来的意念，他的价值也止于凭借符号的外形，暗示他们所代表的当时的意念。而意念自身又无非是我们心灵的照海灯偶然照到实在的海里的一波一浪或一岛一屿。文字语言本身又是不完善的工具，再加之我们运用驾驭力的薄弱，所以文字的表现很难得是勉强可以满足的。

我们随便翻开哪一本书，随便听人讲话，就可以发现各式各样的文字障，与语言习惯障，所以既然我们自己用语言文字来表现内心的现象已经至多不过勉强的适用，我们如何可以期望满心只是文字障与语言习惯障的他人，能从呆板的符号里领悟到我们一时神感的意念。佛教所以有禅宗一派，以不言传道，是很可寻味的——达摩面壁十年，就在解脱文字障直接明心见道的工夫。现在的所谓教育尤其是离本更远，即使教育的材料最初是有多少活的成分，但经了几度的转换，无意识的传授，只能变成死的训条——穆勒约翰说的"Dead dogma"不是"living idea"。我个人所以根本不信任人为的教育能有多大的价值，对于人生少有影响不用说，就是认为灌输知识的方法，照现有的教育看来，也免不了硬而且蠢的机械性。

但反过来说，既然人生只是表现，而语言文字又是人类进化到现在比较的最适用的工具，我们明知语言文字如同政府与结婚一样是一件不可免的没奈何事，或如尼采说的是"人心的牢狱"，我们还是免不了他。我们只能想法使他增加适用性，不能抛弃了不管。我们只能做两部分的工夫：一方面消极的防止文字障语言习惯障的影响；一方面积极的体验心灵的活动，极谨慎的极严格的在我们能运用的字类里选出比较的最确切最明了最无疑义的代表。

这就是我们应该应用"自觉的努力"的一个方向。你们知道法国有个大文学家弗洛贝尔，他有一个信仰，以为一个特异的意念只有一个特异的字或字句可以表现，所以他一辈子艰苦卓绝的从事文学的日子，只是在寻求唯一适当的字句来代表唯一相当的意念。他往往不吃饭不睡，呆呆的独自坐着，绞着脑筋的想，想寻出他称心惬意的表现，有时他烦恼极了，甚至想自杀，往往想出了神，几天写不成一句句子。试想象他那样伟大的天才，那样丰富的学识，尚且要下这样的苦工，方才制成不朽的文学，我们看了他的榜样术应该感动吗？

不要说下笔写，就是平常说话，我们也应有相当的用心——一句话可以泄露你心灵的浅薄，一句话可以证明你自觉的努力，一句话可以表示你思想的糊涂，一句话可以留下永久的印象。这不是说说话要漂亮，要流利，要有修词的工夫，那都是不重要的：最重要的是对内心意念的忠实，与适当的表现。

固然有了清明的思想，方能有清明的语言，但表现的忠实，与不苟且运用文字的决心，也就有纠正松懈的思想与惊醒心灵的功效。

我们知道说话是表现个性极重要的方法，生活既然是一个整体的艺术，说话当然是这艺术里的重要部分。极高的工夫往往可以从极小的起点做去，我们实现生命的理想，也未始不可从注意说话做起。

（原刊《落叶》，北新书局1926年6月初版）

守旧与"玩"旧

一

走路有两个走法:一个是跟前面人走,信任他是认识路的;一个是走自己的路,相信你自己有能力认识路的。谨慎的人往往太不信任他自己;有胆量的人往往过分信任他自己。为便利计,我们不妨把第一种办法叫作古典派或旧派;第二种办法叫作浪漫派或新派。在文学上,在艺术上,在一般思想上,在一般做人的态度上,我们都可以看出这样一个分别,这两种办法的本身,在我看来,并没有什么好坏;这只是个先天性情上或后天嗜好上的一个区别;你也许夸他自己寻路的有勇气,但同时就有人骂他狂妄;你也许骂跟在人家背后的人寒伧,但同时就有人夸他稳健。应得留神的就只一点:就只那个"信"字是少不得的,古典派或旧派就得相信——完全相信——领他路的那个人是对的,浪漫派或新派就得相信——完全相信——他自己是对的,没有这点子原始的信心,不论你跟人走,或是你自己领自己,走出道理来的机会就不见得多,因为你随时有叫你心里的怀疑打断兴会的可能;并且即使你走着了也不算希奇,因为那是碰巧,与打中白鸽票的差不多。

二

在思想上抱住古代直下来的几根大柱子的，我们叫作旧派。这手势本身并不怎样的可笑，但我们却盼望他自己确凿的信得过那几条柱子是不会倒的。并且我们不妨进一步假定上代传下来的确有几根靠得住的柱子，随你叫它纲，叫它常，礼或是教，爱什么就什么，但同时因为在事实上有了真的便有假的，那几根真靠得住的柱子的中间就夹着了加倍加倍的幻柱子，不生根的，靠不住的，假的。你要是抱错了柱子，把假的认作真的，结果你就不免伊索寓言里那条笨狗的命运：他把肉骨头在水里的影子认是真的，差一点叫水淹了它的狗命。但就是那狗，虽则笨，虽则可笑，至少还有它诚实的德性：它的确相信那河里的骨头影子是一条真骨头：假如，譬方说，伊索那条狗曾经受过现代文明教育，那就是说学会了骗人上当，明知道水里的不是真骨头，却偏偏装出正经而且大量的样子，示意与他一同站在桥上的狗朋友们，他们碰巧是不受教育的，因此容易上人当，叫他们跳下水去吃肉骨头影子，它自己倒反站在旁边看趣剧作乐，那时我们对它的举动能否拍掌，对它的态度与存心能否容许？

三

寓言是给有想象力并且有天生幽默的人们看的，它内中的比喻是"不伤道"的；在寓言与童话里——我们竟不妨加一句在事实上——就有许多畜生比普通人们——如其我们没有一个时候忘得了人是宇宙的中心与一切的标准——更有道德，更诚实，更有义气，更有趣味，更像人！

四

上面说完了原则,使用了比方,现在要应用了。在应用之先,我得介绍我说这番话的缘由。孤桐在他的《再疏解辑义》——甲寅周刊第十七期——里有下面几节文章——……凡一社会能同维秩序。各长养子孙,利害不同,而游刃有余,贤不肖浑淆而无过不及之大差,雍容演化,即于繁祉,共游一藩,不为天下裂,必有共同信念以为之基,基立而构兴,则相与饮食焉,男女焉,教化焉,事为焉,涂虽万殊,要归于一者也。兹信念者,亦期于有而已,固不必持绝对之念,本逻辑之律,以绳其为善为恶,或衷于理与否也。……

……此诚世道之大忧,而深识怀仁之士所难熟视无睹者也。

笃而论之,如耶教者,其罅陋焉得言无,然天下之大。大抵上智少而中才多,宇宙之谜,既未可以尽明。因葆其不可明者,养人敬畏之心,取使彝伦之叙,乃为忧世者意念之所必至,故神道设教,圣人不得已而为之。固不容于其义理,详加论议也。

……过此以往,稍稍还醇返朴,乃情势之所必然;此为群化消长之常,甲无所渭进化,乙亦无所谓退化,与愚曩举释义,盖有合焉。夫吾国亦苦社会公同信念之摇落也甚矣,旧者悉毁而新者未生,后生徒恃己意所能判断者,自立准裁,大道之忧,孰甚于是,愚此为惧。论入怀己,趣申本义,昧时之讥,所不敢辞。

五

孤桐这次论的是美国田芮西州新近喧传的那件大案;与他的"辑义有

合"的是判决那案件的法官们所代表的态度,就是特举的说,不承认我们人的祖宗与猴子的祖宗是同源的,因为《圣经》上不是这么说,并且这是最污辱人类尊严的一种邪说。关于孤桐先生论这件事的批评,我这里暂且不管,虽则我盼望有人管,因为他那文里叙述兼论断的一段话并不给我他对于任何一造有真切了解的印象。我现在要管的是孤桐在这篇文章里泄露给我们他自己思想的基本态度。

自分是"根器浅薄之流",我向来不敢对现代"思想界的权威者"的思想存挑战的妄念,甲寅记者先生的议论与主张,就我见得到看得懂的说,很多是我不敢苟同的,但我这一晌只是忍着不说话。

同时我对于现代言论界里有孤桐这样一位人物的事实,我到如今为止,认为不仅有趣味,而且值得欢迎的。因为在事实上得着得力的朋友固然不是偶然;寻着相当的敌手也是极难得的机会。前几年的所谓新思潮只是在无抵抗性的空间里流着;这不是"新人们"的幸运,这应分是他们的悲哀,因为打架大部分的乐趣,认真的说,就在与你相当的对敌切实较量身手的事实里:你揪他的头发,他回揪你的头毛,你腾空再去扼他的咽喉,制他的死命,那才是引起你酣兴的办法;这暴烈的冲突是快乐,假如你的力量都化在无反应性的空气里,那有什么意思?早年国内旧派的思想太没有它的保护人了,太没有战一斗的准备,退让得太荒谬了;林琴南只比了一个尹势就叫敌营的叫嚣吓了回去。新派的拳头始终不曾打着重实的物件;我个人一时间还猜想旧派竟许永远不会有对垒的能耐。但是不,甲寅周刊出世了,它那势力,至少就销数论,似乎超过了现行任何同性质的期刊物。我对于孤桐一向就存十二分敬意的,虽则明知在思想上他与我——如其我配与他对称这一次——完全是不同道的。这敬仰他因为他是个合格的敌人。在他身上,我常常想,我们至少认识了一个不苟且、负责任的作者,在他的文字里,我们至少看着了旧派思想部分的表现。有组织的根据论辩的表现。有肉有筋有骨的拳头，不再是林琴南一流棉花般的拳头子；在他的思想里，我们看了一个中国传统精神的秉承者，牢牢的抱住几条大纲，几则经义，决心在"邪说横行"的时代里替往古争回一个地盘；在他严刻的批评里新派觉悟了许多一向不曾省察到的虚陷与弱点。不，我们没有权利，没有推托，来蔑视这样一个认真的敌人，我常常这么想，即使我们有时在他卖弄他的整套家数时，看出不少可笑的台步与累赘的空架。

每回我想着子安诺尔德说牛津是"败绩的主义的老家"，我便想象到一轮同样自傲的彩晕围绕在甲寅周刊的头顶；这一比量下来，我们这方倚仗人多的势力倒反吃了一个幽默上的亏输！

不，假如我的祈祷有效力时，我第一就希冀甲寅周刊所代表的精神"亿万斯年"！

六

因为两极端往往有碰头的可能。在哲学上，最新的唯实主义与最老的唯心主义发现了彼此是紧邻的密切；在文学上，最极端的浪漫派作家往往暗合古典派的模型；在一般思想上，最激进的也往往与最保守的有联合防御的时候。这不是偶然；这里面有深刻的消息。"时代有不同"，诗人勃兰克说，"但天才永远站在时代的上面"。"运动有不同"，英国一个艺术批评家说，"但传统精神是绵延的"。正因为所有思想最后的目的就在发见根本的评价标源，最漫浪（那就是最向个性里来）的心灵的冒险往往只是发见真理的一个新式的方式，虽则它那本质与最旧的方式所包容的不能有可称量的分别。一个时代的特征，虽则有，毕竟是暂时的，浮面的；这只是大海里波浪的动荡，它那渊深的本体是不受影响的；只要你有胆量与力量没透这时代的掀涌的上层,你就淹入了静定的传统的底质,要能探险得到这变的底里的不变,那才是攫着了骊龙的颔下珠,那才是勇敢的思想者最后的荣耀,旧派人不离口的那个"道"字,依我浅见,应从这样的讲法,才说得通,说得懂。

七

孤桐这回还是顶谨慎的捧出他的"大道"的字样来作他文章的后镇,"大道之忧,孰甚于是?"但是这回我自认我对于孤桐,不仅他的大道,并且他思想的基本态度,根本的失望了!而且这失望在我是一种深刻的幻灭的苦痛。美丽的安琪儿的腿,这样看来,原来是泥做的!请看下文。

我举发孤桐先生思想上没有基本信念。我再重复我上面引语加圈的几句:"……兹信念者亦期于有而已,固不必持绝对之念,本逻辑之律,以绳其为善为恶,或衷于理与否也。"所有唯心主义或理想主义的力量与灵感就在肯定它那基本信念的绝对性;历史上所有殉道、殉教、殉主义的往例,无非那几个个人在确信他们那信仰的绝对性的真切与热奋中,他们的考量便完全超轶了小己的利益观念,欣欣的为他们各人心目中特定的"恋爱"上十字架,进火焰,登断头台,服毒剂,尝刀锋,假如他们——不论是耶稣,是圣保罗,是贞德、勃罗诺,罗兰夫人,或是甚至苏格腊底斯——假如他们各个人当初曾经有刹那间会悟到孤桐的达观:"固不必持绝对之念":那在他们就等于彻底的怀疑,如何还能有勇气来完成他们各人的使命?

但孤桐已经自认他只是一个"实际政家",他的职司,用他自己的辞令,是在"操剥复之机,妙调和之用",这来我们其实"又何能深怪"？上当只是我自己。"我的腿是泥塑的"，安琪儿自己在那里说，本来用不着我们去发现。一个"实际政家"往往就是一个"投机政家"，正因他所见的只是当时与暂时的利害，在他的口里与笔下，一切主义与原则都失却了根本的与绝对的意义与价值，却只是为某种特定作用而姑妄言之的一套，背后本来没有什么思想的诚实，面前也没有什么理想的光彩。"作者手里的题目"，阿诺尔德说，"如其没有贯彻他的，他一定做不好：谁要不能独立的运思，他就不会被一个题目所贯彻。"（Matthew Arnold: Preface to Merope）如今在孤桐的文章里，我们凭良心说，能否寻出些微"贯彻"的痕迹，能否发见些微思想的独立？

八

一个自己没有基本信仰的人，不论他是新是旧，不但没权利充任思想的领袖，并且不能在思想界里占任何的位置；正因为思想本身是独立的，纯粹性的，不含任何作用的，他那动机，我前面说过，是在重新审定，劈去时代的浮动性，一切评价的标准。与孤桐所谓第二者（即实际政家）之用心："操剥复之机，妙调和之用"，根本没有关连。一个"实际政家"的言论只能当作一个"实际政家"的言论看他所浮泅的地域，只在时代浮动性的上层！他的维新，如其他是维新，并不是根基于独见的信念，为的只是实际的便利；他的守旧，如其他是守旧，他也不是根基于传统精神的贯彻，为的也只是实际的便利。这样一个人的态度实际上说不上"维"，也说不上"守"，他只是"玩"！一个人的弊病往往是在夸张过分；一个"实际政家"也自有他的地位，自有他言论的领域，他就不该侵入纯粹思想的范围，他尤其不该指着他自己明知是不定靠得住的柱子说"这是靠得住的，你们尽管抱去"，或是——再引喻伊索的狗——明知水里的肉骨头是虚影——因为他自己没有信念——却还怂恿桥上的狗友去跳水,那时他的态度与存心,我想,我们决不能轻易容许了吧!

(原刊1925年11月11日《晨报副刊》,收入《落叶》)

二
云游心踪

巴 黎 的 鳞 爪

咳巴黎！到过巴黎的一定不会再希罕天堂；尝过巴黎的，老实说，连地狱都不想去了。整个的巴黎就像是一床野鸭绒的垫褥，衬得你通体舒泰，硬骨头都给熏酥了的——有时许太热一些。那也不碍事，只要你受得住。赞美是多余的，正如赞美天堂是多余的；咒诅也是多余的，正如咒诅地狱是多余的。巴黎，软绵绵的巴黎，只在你临别的时候轻轻地嘱咐一声"别忘了，再来！"其实连这都是多余的。谁不想再去？谁忘得了？

香草在你的脚下，春风在你的脸上，微笑在你的周遭。不拘束你，不责备你，不督饬你，不窘你，不恼你，不揉你。它搂着你，可不缚住你：是一条温存的臂膀，不是根绳子。它不是不让你跑，但它那招逗的指尖却永远在你的记忆里晃着。多轻盈的步履，罗袜的丝光随时可以沾上你记忆的颜色！

但巴黎却不是单调的喜剧。赛因河的柔波里掩映着罗浮宫的倩影，它也收藏着不少失意人最后的呼吸。流着，温驯的水波；流着，缠绵的恩怨。咖啡馆：和着交颈的软语，开怀的笑响，有踞坐在屋隅里蓬头少年计较自毁的哀思。跳舞场：和着翻飞的乐调，迷醉的酒香，有独自支颐的少妇思量着往迹的怆心。浮动在上一层的许是光明，是欢畅，是快乐，是甜蜜，是和谐；但沉淀在底里阳光照不到的才是人事经验的本质：说重一点是悲哀，说轻一点是惆怅：谁不愿意永远在轻快的流波里漾着，可得留神了你往深处去时的发见！

一天，一个从巴黎来的朋友找我闲谈，谈起了劲，茶也没喝，烟也没吸，一直从黄昏谈到天亮，才各自上床去躺了一歇，我一合眼就回到了巴黎，方才朋友讲的情境惝恍的把我自己也缠了进去；这巴黎的梦真醇人，醇你的心，醇你的意志，醇你的四肢百体，那味儿除是亲尝过的谁能想象！——我醒过来时还是迷糊的忘了我在那儿，刚巧一个小朋友进房来站在我的床前笑吟吟喊我"你做什么梦来了，朋友，为什么两眼潮潮的像哭似的？"我伸手一摸，果然眼里有水，不觉也失笑了——可是朝来的梦，一个诗人说的，同是这悲凉滋味，正不知这泪是为那一个梦流的呢！

下面写下的不成文章，不是小说，不是写实，也不是写梦，——在我写的人只当是随口曲，南边人说的"出门不认货"，随你们宽容的读者们怎样看罢。

出门人也不能太小心了。走道总得带些探险的意味。生活的趣味大半就在不预期的发见，要是所有的明天全是今天刻板的化身，那我们活什么来了？正如小孩子上山就得采花，到海边就得捡贝壳，书呆子进图书馆想捞新智慧——出门人到了巴黎就想……你的批评也不能过分严正不是？少年老成——什么话！老成是老年人的特权，也是他们的本分；说来也不是他们甘愿，他们是到了年纪不得不。少年人如何能老成？老成了才是怪哪！

放宽一点说，人生只是个机缘巧合；别瞧日常生活河水似的流得平顺，它那里面多的是潜流,多的是旋涡——轮着的时候谁躲得了给卷了进去?那就是你发愁的时候,是你登仙的时候,是你辨着酸的时候,是你尝着甜的时候。

巴黎也不定比别的地方怎样不同:不同就在那边生活流波里的潜流更猛,旋涡更急,因此你叫给卷进去的机会也就更多。

我赶快得声明我是没有叫巴黎的旋涡给淹了去——虽则也就够险。多半的时候我只是站在赛因河岸边看热闹,下水去的时候也不能说没有,但至多也不过在靠岸清浅处溜着,从没敢往深处跑——这来旋涡的纹螺,势道,力量,可比远在岸上时认清楚多了。

一、九小时的萍水缘

忘不了她。她是在人生的急流里转着的一张萍叶,我见着了它,掏在手里把玩了一响,依旧交还给它的命运,任它飘流去——它以前的飘泊我不曾见来,它以后的飘泊,我也见不着,但就这曾经相识匆匆的恩缘——实际上我与她相处不过九小时——已在我的心泥上印下踪迹,我如何能忘,在忆起时如何能不感须臾的惆怅?

那天我坐在那热闹的饭店里瞥眼看着她,她独坐在灯光最暗漆的屋角里,这屋内哪一个男子不带媚态,哪一个女子的胭脂口上不沾笑容,就只她:穿一身淡素衣裳,戴一顶宽边的黑帽,在鬏密的睫毛上隐隐闪亮着深思的目光——我几乎疑心她是修道院的女僧偶尔到红尘里随喜来了。我不能不接着注意她,她的别样的支颐的倦态,她的曼长的手指,她的落漠的神情,有意无意间的叹息,在在都激发我的好奇——虽则我那时左边已经坐下了一个瘦的,右边来了肥的,四条光滑的手臂不住的在我面前晃着酒杯。但更使我奇异的是她不等跳舞开始就匆匆的出去了，好像害怕或是厌恶似的。第一晚这样，第二晚又是这样：独自默默的坐着，到时候又匆匆的离去。到了第三晚她再来的时候我再也忍不住不想法接近她。第一次得着的回音，虽则是"多谢好意，我再不愿交友"的一个拒绝，只是加深了我的同情的好奇。我再不能放过她。巴黎的好处就在处处近人情；爱慕的自由是永远容许的。你见谁爱慕谁想接近谁，决不是犯罪，除非你在经程中泄漏了你的尘气暴气，陋相或是贫相，那不是文明的巴黎人所能容忍的。只要你"识相"，上海人说的，什么可能的机会你都可以利用。对方人理你不理你，当然又是一回事；但只要你的步骤对，文明的巴黎人决不让你难堪。

我不能放过她。第二次我大胆写了个字条付中间人——店主人——交去。我心里直怔怔的怕讨没趣。可是回话来了——她就走了，你跟着去吧。

她果然在饭店门口等着我。

你为什么一定要找我说话，先生，像我这再不愿意有朋友的人？

她张着大眼看我，口唇微微的颤着。

我的冒昧是不望恕的，但是我看了你忧郁的神情我足足难受了三天，也不知怎的我就想接近你，和你谈一次话，如其你许我，那就是我的想望，再没别的意思。

真的她那眼内绽出了泪来，我话还没说完。

想不到我的心事又叫一个异邦人看透了……她声音都哑了。

我们在路灯的灯光下默默的互注了一响,并着肩沿马路走去,走不到多远她说不能走,我就问了她的允许雇车坐上,直望波龙尼大林园清凉的暑夜里兜去。

原来如此,难怪你听了跳舞的音乐像是厌恶似的,但既然不愿意何以每晚还去?

那是我的感情作用;我有些舍不得不去,我在巴黎一天,那是我最初遇见——他的地方,但那时候的我……可是你真的同情我的际遇吗,先生?我快有两个月不开口了,不瞒你说,今晚见了你我再也不能制止,我爽性说给你我的生平的始末吧,只要你不嫌。我们还是回那饭庄去罢。

你不是厌烦跳舞的音乐吗?

她初次笑了。多齐整洁白的牙齿,在道上的幽光里亮着!

有了你我的生气就回复了不少,我还怕什么音乐?

我们俩重进饭庄去选一个基角坐下,喝完了两瓶香槟,从十一时舞影最凌乱时谈起,直到早三时客人散尽侍役打扫屋子时才起身走,我在她的可怜身世的演述中遗忘了一切,当前的歌舞再不能分我丝毫的注意。

下面是她的自述。

我是在巴黎生长的。我从小就爱读天方夜谭的故事,以及当代描写东方的文学;啊东方,我的童真的梦魂哪一刻不在它的玫瑰园中留恋?十四岁那年我的姊姊带我上北京去住,她在那边开一个时式的帽铺,有一天我看见一个小身材的中国人来买帽子,我就觉着奇怪,一来他长得异样的清秀,二来他为什么要来买那样时式的女帽;到了下午一个女太太拿了方才买去的帽子来换了,我姊姊就问她那中国人是谁,她说是她的丈夫,说开了头她就讲她当初怎样为爱他触怒了自己的父母,结果断绝了家庭和他结婚,但她一点也不追悔因为她的中国丈夫待她怎样好法,她不信西方人会得像他那样体贴,那样温存。我再也忘不了她说话时满心怡悦的笑容。从此我仰慕东方的私衷又添深了一层颜色。

我再回巴黎的时候已经长成了,我父亲是最宠爱我的,我要什么他就给我什么。我那时就爱跳舞,啊,那些迷醉轻易的时光,巴黎哪一处舞场上不见我的舞影。我的妙龄,我的颜色,我的体态,我的聪慧,尤其是我那媚人的大眼——啊,如今你见的只是悲惨的余生再不留当时的丰韵——制定了我初期的堕落。我说堕落不是?是的,堕落,人生哪处不是堕落,这社会哪里容得一个有姿色的女人保全她的清洁?我正快走入险路的时候,我那慈爱的老父早已看出我的倾向,私下安排了一个机会,叫我与一个有爵位的英国人接近。一个十七岁的女子哪有什么主意,在两个月内我就做了新娘。

说起那四年结婚的生活,我也不应得过分的抱怨,但我们欧洲的势利的社会实在是树心里生了蠹,我怕再没有回复健康的希望。我到伦敦去做贵妇人时我还是个天真的孩子,哪有什么机心,哪懂得虚伪的卑鄙的人间的底里,我又是个外国人,到处遭受嫉忌与批评。还有我那叫名的丈夫。他娶我究竟有什么动机我始终不明白，许贪我年轻贪我貌美带回家去广告他自己的手段，因为真的我不曾感着他一息的真情；新婚不到几时他就对我冷淡了，其实他就没有热过，碰巧我是个傻孩子，一天不听着一半句软语，不受些温柔的怜惜，到晚上我就不自制的悲伤。他有的是钱，有的是趋奉谄媚，成天在外打猎作乐，我愁了不来慰我，我病了不来问我，连着三年抑郁的生涯完全消灭了我原来活泼快乐的天机，到第四年实在耽不住了，我与他吵一场回巴黎再见我父亲的时候，他几乎不认识我了。我自此就永别了我的英国丈夫。因为虽则实际的离婚手续在他方面到前年方始办理，他从我走了后也就不再来顾问我——这算是欧洲人夫妻的情分！

我从伦敦回到巴黎，就比久困的雀儿重复飞回了林中，眼内又有了笑，脸上又添了春色，不但身体好多，就连童年时的种种想望又在我心头活了回来。三四年结婚的经验更叫我厌恶西欧，更叫我神往东方。东方，啊，浪漫的多情的东方！我心里常常的怀念着。有一晚，那一个运定的晚上，我就在这屋子内见着了他，与今晚一样的歌声，一样的舞影，想起还不就是昨天，多飞快的光阴，就可怜我一个单薄的女子，无端叫运神摆布，在情网里颠连，在经验的苦海里沉沦，朋友，我自分是已经埋葬了的活人，你何苦又来逼着我把往事掘起，我的话是简短的，但我身受的苦恼，朋友，你信我，是不可量的；你望我的眼里看，凭着你的同情你可以在刹那间领会我灵魂的真际！

他是菲利滨①人，也不知怎的我初次见面就迷了他。他肤色是深黄

---

① 菲利滨，即菲律宾。

的，但他的性情是不可信的温柔；他身材是短的，但他的私语有多叫人魂销的魔力？啊，我到如今还不能怨他；我爱他太深，我爱他太真，我如何能一刻忘他，虽则他到后来也是一样的薄情，一样的冷酷。你不倦么，朋友，等我讲给你听？

我自从认识了他我便倾注给他我满怀的柔情，我想他，那负心的他，也够他的享受，那三个月神仙似的生活！我们差不多每晚在此聚会的。秘谈是他与我，欢舞是他与我，人间再有更甜美的经验吗？朋友你知道痴心人赤心爱恋的疯狂吗？因为不仅满足了我私心的想望，我十多年梦魂缭绕的东方理想的实现。有他我什么都有了，此外我更有什么沾恋？因此等到我家里为这事情与我开始交涉的时候，我更不踌躇的与我生身的父母根本决绝。

我此时又想起了我垂髫时在北京见着的那个嫁中国人的女子，她与我一样也为了痴情牺牲一切，我只希冀她这时还能保持着她那纯爱的生活，不比我这失运人成天在幻灭的辛辣中回味。

我爱定了他。他是在巴黎求学的，不是贵族，也不是富人，那更使我放心，因为我早年的经验使我迷信真爱情是穷人才能供给的。谁知他骗了我——他家里也是有钱的，那时我在热恋中抛弃了家，牺牲了名誉，跟了这黄脸人离却巴黎，辞别欧洲，经过一个月的海程，我就到了我理想的灿烂的东方。啊，我那时的希望与快乐！但才出了红海，他就上了心事，经我再三的逼，他才告诉他家里的实情，他父亲是菲利滨最有钱的土著，性情是极严厉的，他怕轻易不能收受我进他们的家庭。我真不愿意把此后可怜的身世烦你的听，朋友，但那才是我痴心人的结果，你耐心听着吧！

东方，东方才是我的烦恼！我这回投进了一个更陌生的社会，呼吸更沉闷的空气；他们自己中间也许有他们温软的人情，但轮着我的却一样还只是猜忌与讥刺，更不容情的刺袭我的孤独的性灵。果然他的家庭不容我进门，把我看作一个"巴黎淌来的可疑的妇人"。我为爱他也不知忍受了多少不可忍的侮辱，吞了多少悲泪，但我自慰的是他对我不变的恩情。因为在初到的一时他还是不时来慰我——我独自赁屋住着。但慢慢的也不知是人言浸润还是他原来爱我不深，他竟然表示割绝我的意思。

朋友，试想我这孤身女子牺牲了一切为的还不是他的爱，如今连他都离了我，那我更有什么生机？我怎的始终不曾自毁，我至今还不信，因为我那时真的是没路走了。我又没有钱，他狠心丢了我，我如何能再去缠他，这也许是我们白种人的倔强，我不久便揩干了眼泪，出门去自寻活路。我在一个菲美合种人的家里寻得了一个保姆的职务；天幸我生性是耐烦领小孩的——我在伦敦的日子没孩子管，我就养猫弄狗——救活我的是那三五个活灵的孩子，黑头发短手指的乖乖。在那炎热的岛上我是过了两年没颜色的生活，得了一次凶险的热病，从此我面上再不存青年期的光彩。我的心境正稍稍回复平衡的时候两件不幸的事情又临着了我：一件是我那他与另一女子的结婚，这消息使我昏绝了过去，一件是被我弃绝的慈父也不知怎的问得了我的踪迹，来电说他老病快死要我回去。啊，天罚我！等我赶回巴黎的时候正好赶着与老人诀别，忏悔我先前的造孽！

从此我在人间还有什么意趣？我只是个实体的鬼影，活动的尸体；我的心也早就死了，再也不起波澜；在初次失望的时候我想象中还有个辽远的东方，但如今东方只在我的心上留下一个鲜明的新伤，我更有什么希冀，更有什么心情？但我每晚还是不自主的到这饭店里来小坐，正如死去的鬼魂忘不了他的老家！我这一生的经验本不想再向人前吐露的，谁知又碰着了你，苦苦的追着我，逼我再一度撩拨死尽的火灰，这来你够明白了，为什么我老是这落漠的神情，我猜你也是过路的客人，我深深自幸又接近一次人情的温慰，但我不敢希望什么，我的心是死定了的，时候也不早了，你看方才舞影凌乱的地板上现在只剩一片冷淡的灯光，侍役们已经收拾干净，我们也该走了，再会吧，多情的朋友！

二、"先生，你见过艳丽的肉没有？"

我在巴黎时常去看一个朋友，他是一个画家，住在一条老闻着鱼腥的小街底头一所老屋子的顶上一个A字式的尖阁里，光线暗惨得怕人，白天就靠两块日光胰子大小的玻璃窗给装装幌，反正住的人不嫌就得，他是照例不过正午不起身，不近天亮不上床的一位先生，下午他也不居家，起码总得上灯的时候，他才脱下了他的开褂，露出两条破烂的臂膀，埋身在他那艳丽的垃圾窝里开始他的工作。

艳丽的垃圾窝——它本身就是一幅妙画！我说给你听听。贴墙有精窄的一条上面盖着黑毛毡的算是他的床，在这上面就准你规规矩矩的躺着，不说起坐一定扎脑袋，就连翻身也不免冒犯斜着下来永远不退让的屋顶先生的身分！承着顶尖全屋子顶宽舒的部分放着他的书桌——我捏着一把汗叫它书桌，其实还用提吗，上边什么法宝都有，画册子、稿本、黑炭、颜色盘子、烂袜子、领结、软领子、热水瓶子，压瘪了的、烧干了的酒精灯、电筒，各色的药瓶、彩油瓶、脏手绢、断头的笔杆、没有盖的墨水瓶子。一柄手枪，那是瞒不过我花七法郎在密歇耳大街路旁旧货摊上换来的。照相镜子、小手镜、断齿的梳子、蜜膏、晚上喝不完的咖啡杯、详梦的小书,还有——还有可疑的小纸盒儿,凡士林一类的油膏,……一只破木板箱一头漆着名字上面蒙着一块灰色布的是他的梳妆台兼书架,一个洋磁面盆半盆的胰子水似乎都叫一部旧版的卢骚集子给饕了去,一顶便帽套在洋瓷长提壶的耳柄上,从袋底里倒出来的小铜钱错落的散着像是土耳其人的符咒,几只稀小的烂苹果围着一条破香蕉像是一群大学教授们围着一个教育次长索薪……

壁上看得更斑斓了:这是我顶得意的一张庞那①的底稿当废纸买来的,这是我临蒙内②的裸体,不十分行,我来撩起灯罩你可以看清楚一点,草色太浓了,那膝部画坏了,这一小幅更名贵,你认是谁,罗丹的!那是我前年最大的运气,也算是借来的,老巴黎就是这点子便宜,挨了半年八个月的饿不要紧,只要有机会捞着真东西,这还不值得!那边一张挤在两幅油画缝里的,你见了没有,也是有来历的,那是我前年趁马克倒霉路到佛兰克福德③时夹手抢来的,是真的孟察尔④都难说,就差糊了一点,现在你给三千法郎我都不卖,加倍再加倍都值,你信不信?再看那一长条……在他那手指东点西的卖弄他的家珍的时候,你竟会忘了你站着的地方是不够六尺阔的一间阁楼,倒像跨在你头顶那两爿斜着下来的屋顶也顺着他那艺术谈法术似的隐了去,露出一个爽恺的高天,壁上的疙瘩、壁蟢窠、霉块、钉疤,全化成了哥罗⑤画帧中"飘飘欲化烟"的最美丽林树与轻快的流涧;桌上的破领带及手绢烂香蕉臭袜子等

---

① 庞那,通译波纳尔(1867—1947),法国画家,纳比派("纳比"即"先知")代表人物之一。
② 蒙内,通译马奈(1832—1883),法国画家,印象派创始人之一。
③ 佛兰克福德,通译法兰克福,德国城市。这句话提到的"马克倒霉",是指当时德国货币马克的贬值。
④ 孟察尔,通译孟克(1863—1944),挪威画家,曾居住德国。
⑤ 哥罗,通译柯罗(1796—1875),法国画家。

等也全变形成戴大阔边稻草帽的牧童们,偎着树打盹的,牵着牛在涧里喝水的,手反衬着脑袋放平在青草地上瞪眼看天的,斜眼溜着那边走进来的娘们手按着音腔吹横笛的——可不是那边来了一群娘们,全是年岁青青的,露着胸膛,散着头发,还有光着白腿的在青草地上跳着来了?……唵!小心扎脑袋,这屋子真别扭,你出什么神来了?想着你的Bel Ami①对不对?你到巴黎快半个月,该早有落儿了,这年头收成真容易——呒,太容易了!谁说巴黎不是理想的地狱?你吸烟斗吗?这儿有自来火。对不起,屋子里除了床,就是那张弹簧早经追悼过了的沙发,你坐坐吧,给你一个垫子,这是全屋子顶温柔的一样东西。

不错,那沙发,这阁楼上要没有那张沙发,主人的风格就落了一个极重要的原素。说它肚子里的弹簧完全没了劲,在主人说是太谦,在我说是简真污蔑了它。因为分明有一部分内簧是不曾死透的,那在正中间,看来倒像是一座分水岭,左右都是往下倾的,我初坐下时不提防它还有弹力,倒叫我骇了一下;靠手的套布可真是全霉了,露着黑黑黄黄不知是什么货色,活像主人衬衫的袖子。我正落了坐,他咬了咬嘴唇翻一翻眼珠微微的笑了。笑什么了你?我笑——你坐上沙发那样儿叫我想起爱菱。爱菱是谁?她呀——她是我第一个模特儿。模特儿?你的?你的破房子还有模特儿,你这穷鬼花得起……别急,究竟是中国初来的,听了模特儿就这样的起劲,看你那脖子都上了红印了!本来不算事,当然,可是我说像你这样的破鸡棚……

破鸡棚便怎么样,耶稣生在马号里的,安琪儿们都在马矢里跪着礼拜

---

① 这个法语词组有误,应为Bon Ami(好朋友),或Belle Amie(漂亮的女朋友),从文中意思看似指后者。

哪！别忙，好朋友，我讲你听。如其巴黎人有一个好处，他就是不势利！中国人顶糟了，这一点；穷人有穷人的势利，阔人有阔人的势利，半不阑珊的有半不阑珊的势利——那才是半开化，才是野蛮！你看像我这样子，头发像刺猬，八九天不刮的破胡子，半年不收拾的脏衣服，鞋带扣不上的皮鞋——要在中国，谁不叫我外国叫化子，哪配进北京饭店一类的势利场；可是在巴黎，我就这样儿随便问哪一个衣服顶漂亮脖子搽得顶香的娘们跳舞，十回就有九回成，你信不信？至于模特儿，那更不成话，哪有在巴黎学美术的，不论多穷，一年里不换十来个眼珠亮亮的来坐样儿？屋子破更算什么？波希民①的生活就是这样，按你说模特儿就不该坐坏沙发，你得准备杏黄贡缎绣丹凤朝阳做垫的太师椅请她坐你才安心对不对？再说……

别再说了！算我少见世面，算我是乡下老戆，得了；可是说起模特儿，我倒有点好奇，你何妨讲些经验给我长长见识？有真好的没有？我们在美术院里见著的什么维纳丝得米罗②，维纳丝梅第妻③，还有铁青④的，鲁班师⑤的，鲍第千里⑥的，丁稻来笃⑦的，箕奥其安内⑧的裸体实在是太美，太理想，太不可能，太不可思议？反面说，新派的比如雪尼约

---

① 波希民，即波希米亚人。
② 维纳丝得米罗，通译米罗的维纳斯（Venus de Milo），米罗是意大利的一个岛屿。
③ 维纳丝梅第妻，通译维纳斯梅迪西（Venus Medici），梅迪西是意大利的爱神。
④ 铁青，通译提香（1490—1576），意大利文艺复兴盛期威尼斯派画家。
⑤ 鲁班师，通译鲁本斯（1577—1640），佛兰德斯画家。
⑥ 鲍第千里，通译波提切利（·1445—1510），意大利文艺复兴盛期画家。
⑦ 丁稻来笃，通译丁托列托（1518—1594），意大利文艺复兴后期威尼斯派画家。
⑧ 箕奥其安内，通译乔尔乔尼（1477—1510），意大利文艺复兴时期威尼斯派画家。

克①的，玛提斯②的，塞尚的，高耿③的，弗朗刺马克④的，又是太丑，太损，太不像人，一样的太不可能，太不可思议。人体美，究竟怎么一回事？我们不幸生长在中国女人衣服一直穿到下巴底下腰身与后部看不出多大分别的世界里，实在是太蒙昧无知，太不开眼。可是再说呢，东方人也许根本就不该叫人开眼的，你看过约翰巴里士⑤那本《沙扬娜拉》没有，他那一段形容一个日本裸体舞女——就是一张脸子粉搽得像棺材里爬起来的颜色，此外耳朵以下下巴以下就比如一节蒸不透的珍珠米！——看了真叫人恶心。你们学美术的才有第一手的经验，我倒是……

你倒是真有点羡慕，对不对？不怪你，人总是人。不瞒你说，我学画画原来的动机也就是这点子对人体秘密的好奇。你说我穷相，不错，我真是穷，饭都吃不出，衣都穿不全，可是模特儿——我怎么也省不了。这对人体美的欣赏在我已经成了一种生理的要求，必要的奢侈，不可摆脱的嗜好；我宁可少吃俭穿，省下几个法郎来多雇几个模特儿。你简直可以说我是着了迷，成了病，发了疯，爱说什么就什么，我都承认——我就不能一天没有一个精光的女人耽在我的面前供养，安慰，喂饱我的"眼淫"。当初罗丹我猜也一定与我一样的狼狈，据说他那房子里老是有剥光了的女人，也不为坐样儿，单看她们日常生活"实际的"多变化的姿态——他是一个牧羊人，成天看着一群剥了毛皮的驯羊！鲁班师那位穷凶极恶的大手笔，说是常难为他太太做模特儿，结果因为他成天

---

① 雪尼约克，通译西涅克（1863—1935），法国画家，新印象派（点彩派）代表人物。
② 玛提斯，通译马蒂斯（1869—1954），法国画家，野兽派代表人物。
③ 高耿，通译高更（1849—1903），法国画家，印象派之后的代表人物。
④ 弗朗刺马克，通译弗朗茨·马尔克（1880—1916），德国画家，表现主义画派代表人物。
⑤ 约翰巴里士，通译约翰·贝勒斯（1654—1725），英国教育思想家。

不断的画他太太竟许连穿裤子的空儿都难得有！但如果这话是真的鲁班师还是太傻，难怪他那画里的女人都是这剥白猪似的单调，少变化；美的分配在人体上是极神秘的一个现象，我不信有理想的全材，不论男女我想几乎是不可能的；上帝拿着一把颜色望地面上撒，玫瑰、罗兰、石榴、玉簪、剪秋罗，各样都沾到了一种或几种的彩泽，但决没有一种花包涵所有可能的色调的，那如其有，按理论讲，岂不是又得回复了没颜色的本相？人体美也是这样的，有的美在胸部，有的腰部，有的下部，有的头发，有的手，有的脚踝，那不可理解的骨胳，筋肉，肌理的会合，形成各各不同的线条，色调的变化，皮面的涨度，毛管的分配，天然的姿态，不可制止的表情——也得你不怕麻烦细心体会发见去，上帝没有这样便宜你的事情，他决不给你一个具体的绝对美，如果有我们所有艺术的努力就没了意义；巧妙就在你明知这山里有金子，可是在哪一点你得自己下工夫去找。啊！说起这艺术家审美的本能，我真要闭着眼感谢上帝——要不是它，岂不是所有人体的美，说窄一点，都变了古长安道上历代帝王的墓窟，全叫一层或几层薄薄的衣服给埋没了！回头我给你看我那张破床底下有一本宝贝，我这十年血汗辛苦的成绩——千把张的人体临摹，而且十分之九是在这间破鸡棚里勾下的，别看低我这张弹簧早经追悼了的沙发，这上面落坐过至少一二百个当得起美字的女人！别提专门做模特儿的，巴黎哪一个不知道俺家黄脸什么，那不算希奇，我自负的是我独到的发见：一半因为看多了缘故，女人肉的引诱在我差不多完全消灭在美的欣赏里面，结果在我这双"淫眼"看来，一丝不挂的女人就同紫霞宫里翻出来的尸首穿得重重密密的摇不动我的性欲，反面说当真穿着得极整齐的女人，不论她在人堆里站着，在路上走着，只要我的眼到，她的衣服的障碍就无形的消灭，正如老练的矿师一瞥就认出矿苗，我这美术本能也是一瞥就认出"美苗"，一百次里错不了一次；每回发见了可能的时候，我就非想法找到她剥光了她叫我看个满意不成，上帝保佑这文明的巴黎，我失望的时候真难得有！我记得有一次在戏院子看着了一个贵妇人,实在没法想(我当然试来)我那难受就不用提了,比发疟疾还难受——她那特长分明是在小腹与……

够了够了!我倒叫你说得心痒痒的。人体美!这门学问,这门福气,我们不幸生长在东方谁有机会研究享受过来?可是我既然到了巴黎,不幸气碰着你,我倒真想叨你的光开开我的眼,你得替我想法,要找在你这宏富的经验中比较最贴近理想的一个看看……

你又错了!什么,你意思花就许巴黎的花香,人体就许巴黎的美吗?太灭自己的威风了!别信那巴理士什么《沙扬娜拉》的胡说;听我说,正如东方的玫瑰不比西方的玫瑰差什么香味,东方的人体在得到相当的栽培以后,也同样不能比西方的人体差什么美——除了天然的限度,比如骨胳的大小,皮肤的色彩。

同时顶要紧的当然要你自己性灵里有审美的活动,你得有眼睛,要不然这宇宙不论它本身多美多神奇在你还是白来的。我在巴黎苦过这十年,就为前途有一个宏愿:我要张大了我这经过训练的"淫眼"到东方去发见人体美——谁说我没有大文章做出来?至于你要借我的光开开眼,那是最容易不过的事情,可是我想想——可惜了!有个马达姆[①]朗洒,原先在巴黎大学当物理讲师的,你看了准忘不了,现在可不在了,到伦敦去了;还有一个马达姆薛托漾,她是远在南边乡下开面包铺子的,她就够打倒你所有的丁稻来笃,所有的铁青,所有的箕奥其安内——尤其是给你这未入流看,长得太美了,她通体就看不出一根骨头的影子,全叫匀匀的肉给隐住的,圆的,润的,有一致节奏的,那妙是一百个哥蒂

---

① 马达姆,法语Madam的音译,即"太太"、"女士"。

蔼①也形容不全的，尤其是她那腰以下的结构，真是奇迹！你从意大利来该见过西龙尼维纳丝②的残像，就那也只能仿佛，你不知道那活的气息的神奇，什么大艺术天才都没法移植到画布上或是石塑上去的（因此我常常自己心里辩论究竟是艺术高出自然还是自然高出艺术，我怕上帝僭先的机会毕竟比凡人多些）；不提别的单就她站在那里你看，从小腹接桠上股那两条交荟的弧线起直往下贯到脚着地处止，那肉的浪纹就比是——实在是无可比——你梦里听着的音乐：不可信的轻柔，不可信的匀净，不可信的韵味——说粗一点，那两股相并处的一条线直贯到底，不漏一屑的破绽，你想通过一根发丝或是吹度一丝风息都是绝对不可能的——但同时又决不是肥肉的粘着，那就呆了。真是梦！唉，就可惜多美一个天才偏叫一个身高六尺三寸长红胡子的面包师给糟蹋了；真的这世上的因缘说来真怪，我很少看见美妇人不嫁给猴子类牛类水马类的丑男人！但这是支话。眼前我招得到的，够资格的也就不少——有了，方才你坐上这沙发的时候叫我想起了爱菱，也许你与她有缘分，我就为你招她去吧，我想应该可以容易招到的。可是上哪儿呢？这屋子终究不是欣赏美妇人的理想背景，第一不够开展，第二光线不够——至少为外行人像你一类着想……我有了一个顶好的主意，你远来客我也该独出心裁招待你一次，好在爱菱与我特别的熟，我要她怎么她就怎么；暂且约定后天吧，你上午十二点到我这里来，我们一同到芳丹薄罗③的大森林里去，那是我常游的地方，尤其是阿房奇石相近一带，那边有的是天然的地毯，这一时是自然最妖艳的日子，草青得滴得出翠来，树绿得涨得出油来，松鼠满地满树都是，也不很怕人，顶好玩的，我们决计到那一带去秘密野餐吧——至于"开眼"的话，我包你一个百二十分的满足，

---

① 哥蒂蔼，通译戈蒂埃（1811—1872），法国诗人、小说家、批评家。
② 西龙尼维纳丝，通译西龙尼维纳丝。西龙尼（cyrene），古希腊城。
③ 芳丹薄罗，通译枫丹白露，巴黎远郊的一处游览地。

将来一定是你从欧洲带回家最不易磨灭的一个印象!一切有我布置去,你要是愿意贡献的话,也不用别的,就要你多买大杨梅,再带一瓶桔子酒,一瓶绿酒,我们享半天闲福去。

现在我讲得也累了,我得躺一会儿,隔一天我们从芳丹薄罗林子里回巴黎的时候,我仿佛刚做了一个最荒唐,最艳丽,最秘密的梦。

(原刊1925年12月16／17／24日《晨报副刊》,收入《巴黎的鳞爪》,其第二部分又另收入《轮盘》)

翡 冷 翠 山 居 闲 话

在这里出门散步去,上山或是下山,在一个晴好的五月的向晚,正像是去赴一个美的宴会,比如去一果子园,那边每株树上都是满挂着诗情最秀逸的果实,假如你单是站着看还不满意时,只要你一伸手就可以采取,可以恣尝鲜味,足够你性灵的迷醉。阳光正好暖和,决不过暖;风息是温驯的,而且往往因为他是从繁花的山林里吹度过来他带来一股幽远的淡香,连着一息滋润的水气,摩挲着你的颜面,轻绕着你的肩腰,就这单纯的呼吸已是无穷的愉快;空气总是明净的,近谷内不生烟,远山上不起霭,那美秀风景的全部正像画片似的展露在你的眼前,供你闲暇的鉴赏。

作客山中的妙处,尤在你永不须踌躇你的服色与体态;你不妨摇曳着一头的蓬草,不妨纵容你满腮的苔藓;你爱穿什么就穿什么;扮一个牧童,扮一个渔翁,装一个农夫,装一个走江湖的桀卜闪①,装一个猎户;你再不必提心整理你的领结,你尽可以不用领结,给你的颈根与胸膛一半日的自由,你可以拿一条这边颜色的长巾包在你的头上,学一个太平军的头目,或是拜伦那埃及装的姿态;但最要紧的是穿上你最旧的旧鞋,别管他模样不佳,他们是顶可爱的好友,他们承着你的体重却不

---

① 桀卜闪,通译吉卜赛人,以过游荡生活为特点的一个民族。原居印度西北部,公元十世纪前后开始到处流浪,几乎遍布全球。

叫你记起你还有一双脚在你的底下。

这样的玩顶好是不要约伴，我竟想严格的取缔，只许你独身；因为有了伴多少总得叫你分心，尤其是年轻的女伴，那是最危险最专制不过的旅伴，你应得躲避她像你躲避青草里一条美丽的花蛇！平常我们从自己家里走到朋友的家里，或是我们执事的地方，那无非是在同一个大牢里从一间狱室移到另一间狱室去，拘束永远跟着我们，自由永远寻不到我们；但在这春夏间美秀的山中或乡间你要是有机会独身闲逛时，那才是你福星高照的时候，那才是你实际领受，亲口尝味，自由与自在的时候，那才是你肉体与灵魂行动一致的时候；朋友们，我们多长一岁年纪往往只是加重我们头上的枷，加紧我们脚胫上的链，我们见小孩子在草里在沙堆里在浅水里打滚作乐，或是看见小猫追他自己的尾巴，何尝没有羡慕的时候，但我们的枷，我们的链永远是制定我们行动的上司！所以只有你单身奔赴大自然的怀抱时，像一个裸体的小孩扑入他母亲的怀抱时，你才知道灵魂的愉快是怎样的，单是活着的快乐是怎样的，单就呼吸单就走道单就张眼看耸耳听的幸福是怎样的。因此你得严格的为己，极端的自私，只许你，体魄与性灵，与自然同在一个脉搏里跳动，同在一个音波里起伏，同在一个神奇的宇宙里自得。我们浑朴的天真是像含羞草似的娇柔，一经同伴的抵触，他就卷了起来，但在澄静的日光下，和风中，他的恣态是自然的，他的生活是无阻碍的。

你一个人漫游的时候，你就会在青草里坐地仰卧，甚至有时打滚，因为草的和暖的颜色自然的唤起你童稚的活泼；在静僻的道上你就会不自主的狂舞，看着你自己的身影幻出种种诡异的变相，因为道旁树木的阴影在他们纤徐的婆娑里暗示你舞蹈的快乐；你也会得信口的歌唱，偶尔记起断片的音调，与你自己随口的小曲，因为树林中的莺燕告诉你春光是应得赞美的；更不必说你胸襟自然会跟着曼长的山径开拓，你的心地会看着澄蓝的天空静定,你的思想和着山壑间的水声,山罅里的泉响,有时一澄到底的清澈,有时激起成章的波动,流,流,流入凉爽的橄榄林中,流入妩媚的阿诺河去……①

并且你不但不须应伴,每逢这样的游行,你也不必带书。书是理想的伴侣,但你应得带书,是在火车上,在你住处的客室里,不是在你独身漫步的时候。什么伟大的深沉的鼓舞的清明的优美的思想的根源不是可以在风籁中,云彩里,山势与地形的起伏里,花草的颜色与香息里寻得?自然是最伟大的一部书,葛德②说,在他每一页的字句里我们读得最深奥的消息。并且这书上的文字是人人懂得的;阿尔帕斯③与五老峰,雪西里④与普陀山,来因河⑤与扬子江,梨梦湖⑥与西子湖,建兰与琼花,杭州西溪的芦雪与威尼市⑦夕照的红潮,百灵与夜莺,更不提一般黄的黄麦,一般紫的紫藤,一般青的青草同在大地上生长,同在和风中波动——他们应用的符号是永远一致的,他们的意义是永远明显的,只要你自己心灵上不长疮瘢,眼不盲,耳不塞,这无形迹的最高等教育便永远是你的名分,这不取费的最珍贵的补剂便永远供你的受用;只要你认识了这一部书,你在这世界上寂寞时便不寂寞,穷困时不穷困,苦恼时有安慰,挫折时有鼓励,软弱时有督责,迷失时有南针⑧。

---

① 阿诺河,流经佛罗伦萨的一条河流。
② 葛德,通译歌德,德国著名思想家、作家。
③ 阿尔帕斯,通译阿尔卑斯,欧洲南部的山脉,有多处景色迷人的山口,为著名旅游胜地。
④ 雪西里,通译西西里,地中海最大的岛屿,属意大利。
⑤ 来因河,通译莱茵河,欧洲的一条大河,源出瑞士境内的阿尔卑斯山,流经列支敦士登、奥地利、法国、德国、荷兰等国,注入北海。
⑥ 梨梦湖,通译莱蒙湖,也即日内瓦湖,在瑞士西南与法国东部边境,是著名的风景区和疗养地。
⑦ 威尼市,通译威尼斯,意大利东北部城市。
⑧ 南针,即指南针。

我所知道的康桥[①]

一

我这一生的周折,大都寻得出感情的线索。不论别的,单说求学。我到英国是为要从卢梭[②]。卢梭来中国时,我已经在美国。他那不确的死耗传到的时候,我真的出眼泪不够,还做悼诗来了。他没有死,我自然高兴。我摆脱了哥伦比亚[③]大博士衔的引诱,买船漂过大西洋,想跟这位二十世纪的福禄泰尔[④]认真念一点书去。谁知一到英国才知道事情变样了:一为他在战时主张和平,二为他离婚,卢梭叫康桥给除名了,他原来是Trinity College的fellow[⑤],这一来他的fellowship[⑥]也给取消了。他回英国后就在伦敦住下,夫妻两人卖文章过日子。因此我也不曾遂我从学的始愿。我在伦敦政治经济学院里混了半年,正感着闷想换路走的时候,我认识了狄更生[⑦]先生。狄更生——Goldsworthy Lowes

---

[①] 康桥,通译剑桥,在英国东南部,这里指剑桥大学。
[②] 卢梭,通译罗素(1872—1970),英国哲学家、逻辑学家,1921年曾来中国讲学。
[③] 哥伦比亚,这里指哥伦比亚大学,在美国纽约。
[④] 福禄泰尔,通译伏尔泰(1694—1778),法国启蒙思想家、哲学家、作家。
[⑤] Trinity College的fellow,即三一学院(属剑桥大学)的研究员。
[⑥] fellowship即研究员。
[⑦] 狄更生,英国作家、学者。徐志摩在英国期间曾得到他的帮助。

Dickinson——是一个有名的作者，他的《一个中国人通信》（Letters form John Chinaman）与《一个现代聚餐谈话》（A Modern Symposium）两本小册子早得了我的景仰。我第一次会着他是在伦敦国际联盟协会席上，那天林宗孟①先生演说，他做主席；第二次是宗孟寓里吃茶，有他。以后我常到他家里去。他看出我的烦闷，劝我到康桥去，他自己是王家学院（King's College）的fellow。我就写信去问两个学院，回信都说学额早满了，随后还是狄更生先生替我去在他的学院里说好了，给我一个特别生的资格，随意选科听讲。从此黑方巾、黑披袍的风光也被我占着了。初起我在离康桥六英里的乡下叫沙士顿地方租了几间小屋住下，同居的有我以前的夫人张幼仪女士与郭虞裳②君。每天一早我坐街车（有时自行车）上学到晚回家。这样的生活过了一个春，但我在康桥还只是个陌生人谁都不认识，康桥的生活，可以说完全不曾尝着，我知道的只是一个图书馆，几个课室，和三两个吃便宜饭的茶食铺子。狄更生常在伦敦或是大陆上，所以也不常见他。那年的秋季我一个人回到康桥，整整有一学年，那时我才有机会接近真正的康桥生活，同时，我也慢慢的"发见"了康桥。我不曾知道过更大的愉快。

二

"单独"是一个耐寻味的现象。我有时想它是任何发见的第一个条件。你要发见你的朋友的"真"，你得有与他单独的机会。你要发见你自己的真，你得给你自己一个单独的机会。你要发见一个地方（地方一样有灵性），你也得有单独玩的机会。我们这一辈子，认真说，能认识几个

---

① 林宗孟，即林长民，晚清立宪派人士，辛亥革命后曾任司法总长。
② 郭虞裳，曾任上海《时事新报》的副刊《学灯》的主编，后去欧洲留学。主编职务遂由编辑宗白华接任。

人？能认识几个地方？我们都是太匆忙，太没有单独的机会。说实话，我连我的本乡都没有什么了解。康桥我要算是有相当交情的，再次许只有新认识的翡冷翠了。啊，那些清晨，那些黄昏，我一个人发疑似的在康桥！绝对的单独。

但一个人要写他最心爱的对象，不论是人是地，是多么使他为难的一个工作？你怕，你怕描坏了它，你怕说过分了恼了它，你怕说太谨慎了辜负了它。我现在想写康桥，也正是这样的心理，我不曾写，我就知道这回是写不好的——况且又是临时逼出来的事情。但我却不能不写，上期预告已经出去了。我想勉强分两节写：一是我所知道的康桥的天然景色；一是我所知道的康桥的学生生活。我今晚只能极简的写些，等以后有兴会时再补。

三

康桥的灵性全在一条河上；康河，我敢说是全世界最秀丽的一条水。河的名字是葛兰大（Granta），也有叫康河（River Cam）的，许有上下流的区别，我不甚清楚。河身多的是曲折，上游是有名的拜伦潭——"Byron's Pool"——当年拜伦常在那里玩的；有一个老村子叫格兰骞斯德，有一个果子园，你可以躺在累累的桃李树荫下吃茶，花果会掉入你的茶杯，小雀子会到你桌上来啄食，那真是别有一番天地。这是上游；下游是从骞斯德顿下去，河面展开，那是春夏间竞舟的场所。上下河分界处有一个坝筑，水流急得很，在星光下听水声，听近村晚钟声，听河畔倦牛刍草声，是我康桥经验中最神秘的一种：大自然的优美、宁静，调谐在这星光与波光的默契中不期然的淹入了你的性灵。

但康河的精华是在它的中权，著名的"Backs"这两岸是几个最蜚声的学院的建筑。从上面下来是Pembroke, St. Katharine's, King's, Clare, Trinity, St. John's。最令人留连的一节是克莱亚与王家学院的毗连处,克莱亚的秀丽紧邻着王家教堂(King's Chapel)的宏伟。别的地方尽有更美更庄严的建筑,例如巴黎赛因河的罗浮宫一带,威尼斯的利阿尔多大桥的两岸,翡冷翠维基乌大桥的周遭;但康桥的"Backs"自有它的特长,这不容易用一二个状词来概括,它那脱尽尘埃气的一种清澈秀逸的意境可说是超出了画图而化生了音乐的神味。再没有比这一群建筑更调谐更匀称的了!论画,可比的许只有柯罗(Corot)的田野;论音乐,可比的许只有肖班①(Chopin)的夜曲。就这,也不能给你依稀的印象,它给你的美感简直是神灵性的一种。

假如你站在王家学院桥边的那棵大椈树荫下眺望,右侧面,隔着一大方浅草坪,是我们的校友居(fellows building),那年代并不早,但它的妩媚也是不可掩的,它那苍白的石壁上春夏间满缀着艳色的蔷薇在和风中摇头,更移左是那教堂,森林似的尖阁不可浼的永远直指着天空;更左是克莱亚,啊!那不可信的玲珑的方庭,谁说这不是圣克莱亚(St. Clare)的化身,哪一块石上不闪耀着她当年圣洁的精神?在克莱亚后背隐约可辨的是康桥最潇贵最骄纵的三一学院(Trinity),它那临河的图书楼上坐镇着拜伦神采惊人的雕像。

但这时你的注意早已叫克莱亚的三环洞桥魔术似的摄住。你见过西湖白堤上的西泠断桥不是?(可怜它们早已叫代表近代丑恶精神的汽车公司给铲平了,现在它们跟着苍凉的雷峰永远辞别了人间。)你忘不了那桥上斑驳的苍苔,木栅的古色,与那桥拱下泄露的湖光与山色不是?克莱

---

① 肖班,通译肖邦(1810—1849),波兰作曲家、钢琴家。

亚并没有那样体面的衬托,它也不比庐山栖贤寺旁的观音桥,上瞰五老的奇峰,下临深潭与飞瀑;它只是怯伶伶的一座三环洞的小桥,它那桥洞间也只掩映着细纹的波粼与婆娑的树影,它那桥上栏比的小穿兰与兰节顶上双双的白石球,也只是村姑子头上不夸张的香草与野花一类的装饰;但你凝神的看着,更凝神的看着,你再反省你的心境,看还有一丝屑的俗念沾滞不?只要你审美的本能不曾汩灭时,这是你的机会实现纯粹美感的神奇!

但你还得选你赏鉴的时辰。英国的天时与气候是走极端的。冬天是荒谬的坏,逢着连绵的雾盲天你一定不迟疑的甘愿进地狱本身去试试;春天(英国是几乎没有夏天的)是更荒谬的可爱,尤其是它那四五月间最渐缓最艳丽的黄昏,那才真是寸寸黄金。在康河边上过一个黄昏是一服灵魂的补剂。啊!我那时蜜甜的单独,那时蜜甜的闲暇。一晚又一晚的,只见我出神似的倚在桥阑上向西天凝望:——

看一回凝静的桥影,
数一数螺钿的波纹:
我倚暖了石阑的青苔,
青苔凉透了我的心坎;

还有几句更笨重的怎能仿佛那游丝似轻妙的情景:

难忘七月的黄昏,远树凝寂,
像墨泼的山形,衬出轻柔暝色
密稠稠,七分鹅黄,三分桔绿,
那妙意只可去秋梦边缘捕捉;……

四

这河身的两岸都是四季常青最葱翠的草坪。从校友居的楼上望去,对岸草场上,不论早晚,永远有十数匹黄牛与白马,胫蹄没在恣蔓的草丛中,从容的在咬嚼,星星的黄花在风中动荡,应和着它们尾鬃的扫拂。桥的两端有斜倚的垂柳与椈荫护住。水是澈底的清澄,深不足四尺,匀匀的长着长条的水草。这岸边的草坪又是我的爱宠,在清朝,在旁晚,我常去这天然的织锦上坐地,有时读书,有时看水;有时仰卧着看天空的行云,有时反扑着搂抱大地的温软。

但河上的风流还不止两岸的秀丽。你得买船去玩。船不止一种:有普通的双桨划船,有轻快的薄皮舟(canoe),有最别致的长形撑篙船(punt)。最末的一种是别处不常有的:约莫有二丈长,三尺宽,你站直在船梢上用长竿撑着走的。这撑是一种技术。我手脚太蠢,始终不曾学会。你初起手尝试时,容易把船身横住在河中,东颠西撞的狼狈。英国人是不轻易开口笑人的,但是小心他们不出声的皱眉!也不知有多少次河中本来优闲的秩序叫我这莽撞的外行给搅乱了。我真的始终不曾学会;每回我不服输跑去租船再试的时候,有一个白胡子的船家往往带讥讽的对我说:"先生,这撑船费劲,天热累人,还是拿个薄皮舟溜溜吧!"我哪里肯听话,长篙子一点就把船撑了开去,结果还是把河身一段段的腰斩了去。

你站在桥上去看人家撑,那多不费劲,多美!尤其在礼拜天有几个专家的女郎,穿一身缟素衣服,裙裾在风前悠悠的飘着,戴一顶宽边的薄纱帽,帽影在水草间颤动,你看她们出桥洞时的姿态,捻起一根竟像没有分量的长竿,只轻轻的,不经心的往波心里一点,身子微微的一蹲,这船身便波的转出了桥影,翠条鱼似的向前滑了去。她们那敏捷,那闲暇,那轻盈,真是值得歌咏的。

在初夏阳光渐暖时你去买一支小船,划去桥边荫下躺着念你的书或是做你的梦,槐花香在水面上飘浮,鱼群的唼喋声在你的耳边挑逗。或是在初秋的黄昏,近着新月的寒光,望上流僻静处远去。爱热闹的少年们携着他们的女友,在船沿上支着双双的东洋彩纸灯,带着话匣子,船心里用软垫铺着,也开向无人迹处去享他们的野福——谁不爱听那水底翻的音乐在静定的河上描写梦意与春光!

住惯城市的人不易知道季候的变迁。看见叶子掉知道是秋,看见叶子绿知道是春;天冷了装炉子,天热了拆炉子;脱下棉袍,换上夹袍,脱下夹袍,穿上单袍:不过如此吧了。天上星斗的消息,地下泥土里的消息,空中风吹的消息,都不关我们的事。忙着哪,这样那样事情多着,谁耐烦管星星的移转,花草的消长,风云的变幻?同时我们抱怨我们的生活、苦痛、烦闷、拘束、枯燥,谁肯承认做人是快乐?谁不多少间咒诅人生?

但不满意的生活大都是由于自取的。我是一个生命的信仰者,我信生活决不是我们大多数人仅仅从自身经验推得的那样暗惨。我们的病根是在"忘本"。人是自然的产儿,就比枝头的花与鸟是自然的产儿;但我们不幸是文明人,入世深似一天,离自然远似一天。离开了泥土的花草,离开了水的鱼,能快活吗?能生存吗?从大自然,我们取得我们的生命;从大自然,我们应分取得我们继续的资养。哪一株婆娑的大木没有盘错的根柢深入在无尽藏的地里?我们是永远不能独立的。有幸福是永远不离母亲抚育的孩子,有健康是永远接近自然的人们。不必一定与鹿豕游,不必一定回"洞府"去;为医治我们当前生活的枯窘,只要"不完全遗忘自然"一张轻淡的药方我们的病象就有缓和的希望。在青草里打几个滚,到海水里洗几次浴,到高处去看几次朝霞与晚照——你肩背上的负担就会轻松了去的。

这是极肤浅的道理,当然。但我要没有过过康桥的日子,我就不会有这样的自信。我这一辈子就只那一春,说也真可怜,算是不曾虚度。就只那一春,我的生活是自然的,是真愉快的!(虽则碰巧那也是我最感受人生痛苦的时期)。我那时有的是闲暇,有的是自由,有的是绝对单独的机会。说也奇怪,竟像是第一次,我辨认了星月的光明,草的青,花的香,流水的殷勤。我能忘记那初春的睥睨吗?曾经有多少个清晨我独自冒着冷去薄霜铺地的林子里闲步——为听鸟语,为盼朝阳,为寻泥土里渐次苏醒的花草,为体会最微细最神妙的春信。啊,那是新来的画眉在那边调不尽的青枝上试它的新声!啊,这是第一朵小雪球花挣出了半冻的地面!啊,这不是新来的潮润沾上了寂寞的柳条?

静极了,这朝来水溶溶的大道,只远处牛奶车的铃声,点缀这周遭的沉默。顺着这大道走去,走到尽头,再转入林子里的小径,往烟雾浓密处走去,头顶是交枝的榆荫,透露着漠楞楞的曙色;再往前走去,走尽这林子,当前是平坦的原野,望见了村舍,初青的麦田,更远三两个馒形的小山掩住了一条通道。天边是雾茫茫的,尖尖的黑影是近村的教寺。听,那晓钟和缓的清音。这一带是此邦中部的平原,地形像是海里的轻波,默沉沉的起伏;山岭是望不见的,有的是常青的草原与沃腴的田壤。登那土阜上望去,康桥只是一带茂林,拥戴着几处娉婷的尖阁。妩媚的康河也望不见踪迹,你只能循着那锦带似的林木想象那一流清浅。村舍与树林是这地盘上的棋子,有村舍处有佳荫,有佳荫处有村舍。这早起是看炊烟的时辰:朝雾渐渐的升起,揭开了这灰苍苍的天幕(最好是微霰后的光景),远近的炊烟,成丝的、成缕的、成卷的、轻快的、迟重的、浓灰的、淡青的、惨白的,在静定的朝气里渐渐的上腾,渐渐的不见,仿佛是朝来人们的祈祷,参差的翳入了天听。朝阳是难得见的,这初春的天气。但它来时是起早人莫大的愉快。顷刻间这田野添深了颜色,一层轻纱似的金粉糁上了这草,这树,这通道,这庄舍。顷刻间这周遭弥漫了清晨富丽的温柔。顷刻间你的心怀也分润了白天诞生的光荣。"春"!这胜利的晴空仿佛在你的耳边私语。"春"!你那快活的灵魂也仿佛在那里回响。

伺候着河上的风光,这春来一天有一天的消息。关心石上的苔痕,关心败草里的花鲜,关心这水流的缓急,关心水草的滋长,关心天上的云霞,关心新来的鸟语。怯伶伶的小雪球是探春信的小使。铃兰与香草是欢喜的初声。窈窕的莲馨,玲珑的石水仙,爱热闹的克罗克斯,耐辛苦的蒲公英与雏菊——这时候春光已是烂缦在人间,更不须殷勤问讯。

瑰丽的春放。这是你野游的时期。可爱的路政,这里不比中国,哪一处不是坦荡荡的大道?徒步是一个愉快,但骑自转车是一个更大的愉快,在康桥骑车是普遍的技术;妇人、稚子、老翁,一致享受这双轮舞的快乐。(在康桥听说自转车是不怕人偷的,就为人人都自己有车,没人要偷)。任你选一个方向,任你上一条通道,顺着这带草味的和风,放轮远去,保管你这半天的逍遥是你性灵的补剂。这道上有的是清荫与美草,随地都可以供你休憩。你如爱花,这里多的是锦绣似的草原。你如爱鸟,这里多的是巧啭的鸣禽。你如爱儿童,这乡间到处是可亲的稚子。你如爱人情,这里多的是不嫌远客的乡人,你到处可以"挂单"借宿,有酪浆与嫩薯供你饱餐,有夺目的果鲜恣你尝新。你如爱酒,这乡间每"望"都为你储有上好的新酿,黑啤如太浓,苹果酒、姜酒都是供你解渴润肺的。……带一卷书,走十里路,选一块清静地,看天,听鸟,读书,倦了时,和身在草绵绵处寻梦去——你能想像更适情更适性的消遣吗?

陆放翁有一联诗句："传呼快马迎新月，却上轻舆趁晚凉；"这是做地方官的风流。我在康桥时虽没马骑，没轿子坐，却也有我的风流：我常常在夕阳西晒时骑了车迎着天边扁大的日头直追。日头是追不到的，我没有夸父的荒诞，但晚景的温存却被我这样偷尝了不少。有三两幅画图似的经验至今还是栩栩的留着。只说看夕阳，我们平常只知道登山或是临海，但实际只须辽阔的天际，平地上的晚霞有时也是一样的神奇。有一次我赶到一个地方，手把着一家村庄的篱笆，隔着一大田的麦浪，看西天的变幻。有一次是正冲着一条宽广的大道，过来一大群羊，放草归来的，偌大的太阳在它们后背放射着万缕的金辉，天上却是乌青青的，只剩这不可逼视的威光中的一条大路，一群生物，我心头顿时感着神异性的压迫，我真的跪下了，对着这冉冉渐翳的金光。再有一次是更不可忘的奇景，那是临着一大片望不到头的草原，满开着艳红的罂粟，在青草里亭亭像是万盏的金灯，阳光从褐色云斜着过来，幻成一种异样紫色，透明似的不可逼视，刹那间在我迷眩了的视觉中，这草田变成了……不说也罢，说来你们也是不信的！

一别二年多了，康桥，谁知我这思乡的隐忧？也不想别的，我只要那晚钟撼动的黄昏，没遮拦的田野，独自斜倚在软草里，看第一个大星在天边出现！

天 目 山 中 笔 记

佛于大众中 说我尝作佛 闻如是法音 疑悔悉已除
初闻佛所说 心中大惊疑 将非魔作佛 恼乱我心耶
——莲华经譬喻品

山中不定是清静。庙宇在参天的大木中间藏着,早晚间有的是风,松有松声,竹有竹韵,鸣的禽,叫的虫子,阁上的大钟,殿上的木鱼,庙身的左边右边都安着接泉水的粗毛竹管,这就是天然的笙箫,时缓时急的参和着天空地上种种的鸣籁。静是不静的;但山中的声响,不论是泥土里的蚯蚓叫或是轿夫们深夜里"唱宝"的异调,自有一种各别处:它来得纯粹,来得清亮,来得透澈,冰水似的沁入你的脾肺;正如你在泉水里洗濯过后觉得清白些,这些山籁,虽则一样是音响,也分明有洗净的功能。

夜间这些清籁摇着你入梦,清早上你也从这些清籁的怀抱中苏醒。

山居是福,山上有楼住更是修得来的。我们的楼窗开处是一片葱葱的林海;林海外更有云海!日的光,月的光,星的光:全是你的。从这三尺方的窗户你接受自然的变幻;从这三尺方的窗户你散放你情感的变幻。自在;满足。

今早梦回时睁眼见满帐的霞光。鸟雀们在赞美；我也加入一份。它们的是清越的歌唱，我的是潜深一度的沉默。

钟楼中飞下一声宏钟，空山在音波的磅礴中震荡。这一声钟激起了我的思潮。不，潮字太夸；说思流罢。耶教人说阿门，印度教人说"欧姆"（O—m），与这钟声的嗡嗡，同是从摄口外摄到阖口内包的一个无限的波动：分明是外扩，却又是内潜；一切在它的周缘，却又在它的中心；同时是皮又是核，是轴亦复是廓。这伟大奥妙的"Om"使人感到动，又感到静；从静中见动，又从动中见静。从安住到飞翔，又从飞翔回复安住；从实在境界超入妙空，又从妙空化生实在：

闻佛柔软音，深远甚微妙。

多奇异的力量！多奥妙的启示！包容一切冲突性的现象，扩大刹那间的视域，这单纯的音响，于我是一种智灵的洗净。花开，花落，天外的流星与田畦间的飞萤，上缒云天的青松，下临绝海的巉岩，男女的爱，珠宝的光，火山的熔液：一婴儿在它的摇篮中安眠。

这山上的钟声是昼夜不间歇的，平均五分钟时一次。打钟的和尚独自在钟头上住着，据说他已经不间歇的打了十一年钟，他的愿心是打到他不能动弹的那天。钟楼上供着菩萨，打钟人在大钟的一边安着他的"座"，他每晚是坐着安神的，一只手挽着钟棰的一头，从长期的习惯，不叫睡眠耽误他的职司。"这和尚"，我自忖，"一定是有道理的！和尚是没道理的多：方才那知客僧想把七窍蒙充六根，怎么算总多了一个鼻孔或是耳孔；那方丈师的谈吐里不少某督军与某省长的点缀；那管半山亭的和尚更是贪嗔的化身，无端摔破了两个无辜的茶碗。但这打钟和尚，他一定不是庸流，不能不去看看！"他的年岁在五十开外，出家有二十几年，这钟楼，不错，是他管的，这钟是他打的（说着他就过去撞了一下），他每晚，也不错，是坐着安神的，但此外，可怜，我的俗眼竟看不出什么异样。他拂拭着神龛，神座，拜垫，换上香烛，掇一盂水，洗一把青菜，捻一把米，擦干了手接受香客的布施，又转身去撞一声钟。他脸上看不出修行的清癯，却没有失眠的倦态，倒是满满的不时有笑容的展露；念什么经；不，就念阿弥陀佛，他竟许是不认识字的。"那一带是什么山，叫什么，和尚？""这里是天目山。"他说。"我知道，我说的是那一带的。"我手点着问。"我不知道。"他回答。

山上另有一个和尚，他住在更上去昭明太子读书台的旧址，盖着几间屋，供着佛像，也归庙管的，叫做茅棚。但这不比得普陀山上的真茅棚，那看了怕人的，坐着或是偎着修行的和尚没一个不是鹄形鸠面，鬼似的东西。他们不开口的多，你爱布施什么就放在他跟前的篓子或是盘子里，他们怎么也不睁眼，不出声，随你给的是金条或是铁条。人说得更奇了，有的半年没有吃过东西，不曾挪过窝，可还是没有死，就这冥冥的坐着。他们大约离成佛不远了，单看他们的脸色，就比石片泥土不差什么，一样这黑刺刺，死僵僵的。"内中有几个，"香客们说，"已经成了活佛，我们的祖母早三十年来就看见他们这样坐着的！"

但天目山的茅棚以及茅棚里的和尚，却没有那样的浪漫出奇。茅棚是尽够蔽风雨的屋子，修道的也是活鲜鲜的人，虽则他并不因此减却他给我们的趣味。他是一个高身材，黑面目，行动迟缓的中年人；他出家将近十年，三年前坐过禅关，现在这山上茅棚里来修行；他在俗家时是个商人，家中有父母兄弟姊妹，也许还有自身的妻子；他不曾明说他中年出家的缘由。他只说"俗业太重了，还是出家从佛的好。"但从他沉着的语音与持重的神态中可以觉出他不仅是曾经在人事上受过磨折，并且是在思想上能分清黑白的人。他的口，他的眼，都泄露着他内里强自抑制，魔与佛交斗的痕迹；说他是放过火杀过人的忏悔者，可信；说他是个回头的浪子，也可信。他不比那钟楼上人的不着颜色，不露曲折：他分明是色的世界里逃来的一个囚犯。三年的禅关，三年的草棚，还不曾压倒，不曾灭净，他肉身的烈火。"俗业太重了，不如出家从佛的好。"这话里岂不战栗着一往忏悔的深心？我觉着好奇；我怎么能得知他深夜趺坐时意念的究竟？

佛于大众中 说我尝作佛 闻如是法音 疑悔悉已除
初闻佛所说 心中大惊疑 将非魔作佛 恼乱我心耶

但这也许看太奥了。我们承受西洋人生观洗礼的，容易把做人看太积极，人世的要求太猛烈，太不肯退让，把住这热乎乎的一个身子一个心放进生活的轧床去，不叫它留存半点汁水回去；非到山穷水尽的时候，决不肯认输，退后，收下旗帜；并且即使承认了绝望的表示，他往往直接向生存本体的取决，不来半个阑珊的收回了步子向后退：宁可自杀。干脆的生命的断绝，不来出家，那是生命的否认。不错，西洋人也有出家做和尚做尼姑的，例如亚佩腊与爱洛绮丝，但在他们是情感方面的转变，原来对人的爱移作对上帝的爱，这知感的自体与它的活动依旧不含糊的在着；在东方人，这出家是求情感的消灭，皈依佛法或道法，目的在自我一切痕迹的解脱。再说，这出家或出世的观念的老家，是印度不是中国，是跟着佛教来的；印度可以会发生这类思想，学者们自有种种哲学上乃至物理上的解释，也尽有趣味的。中国何以能容留这类思想，并且在实际上出家做尼僧的今天不比以前少（我新近一个朋友差一点做了小和尚！），这问题正值得研究，因为这分明不仅仅是个知识乃至意识的浅深问题，也许这情形尽有极有趣味的解释的可能，我见闻浅，不知道我们的学者怎样想法，我愿意领教。

印 度 洋 上 的 秋 思

昨夜中秋。黄昏时西天挂下一大帘的云母屏,掩住了落日的光潮,将海天一体化成暗蓝色,寂静得如黑衣尼在圣座前默祷。过了一刻,即听得船舻布篷上窸窸窣窣啜泣起来,低压的云夹着迷蒙的雨色,将海线逼得像湖一般窄,沿边的黑影,也辨认不出是山是云,但涕泪的痕迹,却满布在空中水上。

又是一番秋意!那雨声在急骤之中,有零落萧疏的况味,连着阴沉的气氲,只是在我灵魂的耳畔私语道:"秋"!我原来无欢的心境,抵御不住那样温婉的浸润,也就开放了春夏间所积受的秋思,和此时外来的怨艾构合,产出一个弱的婴儿——"愁"。

天色早已沉黑,雨也已休止。但方才啜泣的云,还疏松地幕在天空,只露着些惨白的微光,预告明月已经装束齐整,专等开幕。同时船烟正在莽莽苍苍地吞吐,筑成一座蟒鳞的长桥,直联及西天尽处,和船轮泛出的一流翠波白沫,上下对照,留恋西来的踪迹。

北天云幕豁处,一颗鲜翠的明星,喜孜孜地先来问探消息,像新嫁媳的侍婢,也穿扮得遍体光艳,但新娘依然姗姗未出。

我小的时候，每于中秋夜，呆坐在楼窗外等看"月华"。若然天上有云雾缭绕，我就替"亮晶晶的月亮"担忧。若然见了鱼鳞似的云彩，我的小心就欣欣怡悦，默祷着月儿快些开花，因为我常听人说只要有"瓦楞"云，就有月华；但在月光放彩以前，我母亲早已逼我去上床，所以月华只是我脑筋里一个不曾实现的想象，直到如今。

现在天上砌满了瓦楞云彩，霎时间引起了我早年许多有趣的记忆——但我的纯洁的童心，如今哪里去了！

月光有一种神秘的引力。她能使海波咆哮，她能使悲绪生潮。月下的喟息可以结聚成山，月下的情泪可以培畤百亩的畹兰，千茎的紫琳。我疑悲哀是人类先天的遗传，否则，何以我们儿年不知悲感的时期，有时对着一泻的清辉，也往往凄心滴泪呢？

但我今夜却不曾流泪。不是无泪可滴，也不是文明教育将我最纯洁的本能锄净，却为是感觉了神圣的悲哀，将我理解的好奇心激动，想学契古特白登来解剖这神秘的"眸冷骨累"。冷的智永远是热的情的死仇。它们不能相容的。

但在这样浪漫的月夜，要来练习冷酷的分析，似乎不近人情！所以我的心机一转，重复将锋快的智刃举起，让沉醉的情泪自然流转，听它产生什么音乐，让绻缱的诗魂漫自低回，看它寻出什么梦境。

明月正在云岩中间，周围有一圈黄色的彩晕，一阵阵的轻霭，在她面前扯过。海上几百道起伏的银沟，一齐在微叱凄其的音节，此外不受清辉的波域，在暗中愤愤涨落，不知是怨是慕。

我一面将自己一部分的情感,看入自然界的现象,一面拿着纸笔,痴望着月彩,想从她明洁的辉光里,看出今夜地面上秋思的痕迹,希冀她们在我心里,凝成高洁情绪的菁华。因为她光明的捷足,今夜遍走天涯,人间的恩怨那一件不经过她的慧眼呢?

印度的Ganges(埂奇)河边有一座小村落,村外一个榕绒密绣的湖边,坐着一对情醉的男女,他们中间草地上放着一尊古铜香炉,烧着上品的水息,那温柔婉恋的烟篆,沉馥香浓的热气,便是他们爱感的象征——月光从云端里轻俯下来,在那女子脑前的珠串上,水息的烟尾上,印下一个慈吻,微哂,重复登上她的云艇,上前驶去。

一家别院的楼上,窗帘不曾放下,几枝肥满的桐叶正在玻璃上摇曳逗趣,月光窥见了窗内一张小蚊床上紫纱帐里,安眠着一个安琪儿似的小孩,她轻轻挨进身去,在他温软的眼睫上,嫩桃似的腮上,抚摩了一会。又将她银色的纤指,理齐了他脐圆的额发,蔼然微哂着,又回她的云海去了。

一个失望的诗人,坐在河边一块石头上,满面写着幽郁的神情,他爱人的倩影,在他胸中像河水似的流动,他又不能在失望的渣滓里榨出些微甘液,他张开两手,仰着头,让大慈大悲的月光,那时正在过路,洗沐他泪腺湿肿的眼眶,他似乎感觉到清心的安慰,立即摸出一管笔,在白衣襟上写道:

月光,
你是失望儿的乳娘!

面海一座柴屋的窗棂里,望得见屋里的内容:一张小桌上放着半块面包和几条冷肉,晚餐的剩余。窗前几上开着一本家用的《圣经》,炉架上两座点着的烛台,不住地在流泪,旁边坐着一个皱面扶腰的老妇人,两眼半闭地落在伏在她膝上悲泣的一个少妇,她的长裙散在地板上像一只大花蝶。老妇人掉头向窗外望,只见远远海涛起伏,和慈祥的月光在拥抱密吻,她叹了声气向着斜照在《圣经》上的月彩嗫道:

"真绝望了!真绝望了!"

她独自在她精雅的书室里,把灯火一齐熄了,倚在窗口一架藤椅上,月光从东墙肩上斜泻下去,笼住她的全身,在花砖上幻出一个窈窕的倩影,她两根乖辫的发梢,她微淡的媚唇,和庭前几茎高峙的玉兰花,都在静谧的月色中微颤,她和她的呼吸,吐出一股幽香,不但邻近的花草,连月儿闻了,也禁不住迷醉,她腮边天然的妙涡,已有好几日不圆满:她瘦损了。但她在想什么呢?月光,你能否将我的梦魂带去,放在离她三五尺的玉兰花枝上。

威尔斯西境一座矿床附近,有三个工人,口衔着笨重的烟斗,在月光中间坐。他们所能想到的话都已讲完,但这异样的月彩,在他们对面的松林,左首的溪水上,平添了不可言语比说的妩媚,惟住他们工余倦极的眼珠不阖,彼此不约而同今晚较往常多抽了两斗的烟。但他们矿火熏黑,煤块擦黑的面容,表示他们心灵的薄弱,在享乐烟斗以外:虽然秋月溪声的戟刺,也不能有精美情绪之反感。等月影移西一些,他们默默地扑出了一斗灰,起身进屋,各自登床睡去。月光从屋背飘眼望进去,只见他们都已睡熟;他们即使有梦,也无非矿内矿外的景色!

月光渡过了爱尔兰海峡,爬上海尔佛林的高峰,正对着静默的红潭。潭水凝定得像一大块冰,铁青色。四周斜坦的小峰,全都满铺着蟹青和蛋白色的岩片碎石,一株矮树都没有。沿潭间有些丛草,那全体形势,正像一大青碗,现在满盛了清洁的月辉,静极了,草里不闻虫吟,水里不闻鱼跃;只有石缝里潜涧沥淅之声,断续地作响,仿佛一座大教堂里点着一星小火,益发对照出静穆宁寂的境界,月儿在铁色的潭面上,倦倚了半响,重复报起她的银泻,过山去了。

昨天船离了新加坡以后,方向从正东改为东北,所以前几天的船梢正对落日,此后"晚霞的工厂"渐渐移到我们船向的左手来了。

昨夜吃过晚饭上甲板的时候,船右一海银波,在犀利之中涵有幽秘的彩色,凄清的表情,引起了我的凝视。那放银光的圆球正挂在你头上,如其起靠着船头仰望。她今夜并不十分鲜艳;她精圆的芳容上似乎轻笼着一层藕灰色的薄纱;轻漾着一种悲喟的音调;轻染着几痕泪化的雾霭。她并不十分鲜艳,然而她素洁温柔的光线中,犹之少女浅蓝妙眼的斜瞟;犹之春阳融解在山巅白云反映的嫩色,含有不可解的迷力,媚态,世间凡具有感觉性的人,只要承沐着她的清辉,就发生也是不可理解的反应,引起隐复的内心境界的紧张,——像琴弦一样,——人生最微妙的情绪,戟震生命所蕴藏高洁名贵创现的冲动。有时在心理状态之前,或于同时,撼动躯体的组织,使感觉血液中突起冰流之冰流,嗅神经难禁之酸辛,内脏汹涌之跳动,泪腺之骤热与润湿。那就是秋月兴起的秋思——愁。

昨晚的月色就是秋思的泉源,岂止,直是悲哀幽骚悱怨沉郁的象征,是季候运转的伟剧中最神秘亦最自然的一幕,诗艺界最凄凉亦最微妙的一个消息。

今夜月明人尽望,不知秋思在谁家。

中国字形具有一种独一的妩媚，有几个字的结构，我看来纯是艺术家的匠心：这也是我们国粹之尤粹者之一。譬如"秋"字，已经是一个极美的字形；"愁"字更是文字史上有数的杰作：有石开湖晕，风扫松针的妙处，这一群点画的配置，简直经过柯罗的书篆，米仡朗其罗的雕圭，Chopin的神感；像——用一个科学的比喻——原子的结构，将旋转宇宙的大力收缩成一个无形无纵的电核；这十三笔造成的象征，似乎是宇宙和人生悲惨的现象和经验，吁喟和涕泪，所凝成最纯粹精密的结晶，满充了催迷的秘力。你若然有高蒂闲（Gautier）异超的知感性，定然可以梦到愁字变形为秋霞黯绿色的通明宝玉，若用银槌轻击之，当吐银色的幽咽电蛇似腾入云天。

我并不是为寻秋意而看月，更不是为觅新愁而访秋月；蓄意沉浸于悲哀的生活，是丹德所不许的。我盖见月而感秋色，因秋窗而拈新愁：人是一簇脆弱而富于反射性的神经！

我重复回到现实的景色，轻裹在云锦之中的秋月，像一个遍体蒙纱的女郎，她那团圆清朗的外貌像新娘，但同时她幂弦的颜色，那是藕灰，她踟蹰的行踵，掩泣的痕迹，又使人疑是送丧的丽姝。所以我曾说：

秋月呀！
我不盼望你团圆。

这是秋月的特色，不论她是悬在落日残照边的新镰，与"黄昏晓"竞艳的眉钩，中宵斗没西陲的金碗，星云参差间的银床，以至一轮腴满的中秋，不论盈昃高下，总在原来澄爽明秋之中，遍洒着一种我只能称之为"悲哀的轻霭"，和"传愁的以太"，即使你原来无愁，见此也禁不得沾染那"灰色的音调"，渐渐兴感起来！

秋月呀!
谁禁得起银指尖儿
浪漫地搔爬呵!

不信但看那一海的轻涛,可不是禁不住她一指的抚摩,在那里低徊饮泣呢!就是那:

无聊的云烟,
秋月的美满,
熏暖了飘心冷眼,
也清冷地穿上了轻缟的衣裳,
来参与这
美满的婚姻和丧礼。

北戴河海滨的幻想

他们都到海边去了。我为左眼发炎不曾去。我独坐在前廊，偎坐在一张安适的大椅内，袒着胸怀，赤着脚，一头的散发，不时有风来撩拂。清晨的晴爽，不曾消醒我初起时睡态；但梦思却半被晓风吹断。我阖紧眼帘内视，只见一斑斑消残的颜色，一似晚霞的余赭，留恋地胶附在天边。廊前的马樱、紫荆、藤萝、青翠的叶与鲜红的花，都将它们的妙影映印在水汀上，幻出幽媚的情态无数；我的臂上与胸前，亦满缀了绿荫的斜纹。从树荫的间隙平望，正见海湾：海波亦似被晨曦唤醒，黄蓝相间的波光，在欣然的舞蹈。滩边不时见白涛涌起，迸射着雪样的水花。浴线内点点的小舟与浴客，水禽似的浮着；幼童的欢叫，与水波拍岸声，与潜涛呜咽声，相间的起伏，竞报一滩的生趣与乐意。但我独坐的廊前，却只是静静的，静静的无甚声响。妩媚的马樱，只是幽幽的微辗着，蝇虫也敛翅不飞。只有远近树里的秋蝉在纺纱似的缲引它们不尽的长吟。

在这不尽的长吟中，我独坐在冥想。难得是寂寞的环境，难得是静定的意境；寂寞中有不可言传的和谐，静默中有无限的创造。我的心灵，比如海滨，生平初度的怒潮，已经渐次的消翳，只剩有疏松的海砂中偶尔的回响，更有残缺的贝壳，反映星月的辉芒。此时摸索潮余的斑痕，追想当时汹涌的情景，是梦或是真，再亦不须辨问，只此眉梢的轻皱，唇边的微哂,已足解释无穷奥绪,深深的蕴伏在灵魂的微纤之中。

青年永远趋向反叛,爱好冒险;永远如初度航海者,幻想黄金机缘于浩渺的烟波之外;想割断系岸的缆绳,扯起风帆,欣欣的投入无垠的怀抱。他厌恶的是平安,自喜的是放纵与豪迈。无颜色的生涯,是他目中的荆棘;绝海与凶,是他爱自由的途径。他爱折玫瑰:为她的色香,亦为她冷酷的刺毒。他爱搏狂澜:为他的庄严与伟大,亦为他吞噬一切的天才,最是激发他探险与好奇的动机。他崇拜冲动:不可测,不可节,不可预逆,起,动,消歇皆在无形中,狂飚似的倏忽与猛烈与神秘。他崇拜斗争:从斗争中求剧烈的生命之意义,从斗争中求绝对的实在,在血染的战阵中,呼叫胜利之狂欢或歌败丧的哀曲。

幻象消灭是人生里命定的悲剧;青年的幻灭,更是悲剧中的悲剧,夜一般的沉黑,死一般的凶恶。纯粹的,猖狂的热情之火,不同阿拉亭的神灯,只能放射一时的异彩,不能永久的朗照;转瞬间,或许,便已敛熄了最后的焰舌,只留存有限的余烬与残灰,在未灭的余温里自伤与自慰。

流水之光,星之光,露珠之光,电之光,在青年的妙目中闪耀,我们不能不惊讶造化者艺术之神奇;然可怖的黑影,倦与衰与饱餍的黑影,同时亦紧紧的跟着时日进行,仿佛是烦恼,痛苦,失败,或庸俗的尾曳,亦在转瞬间,彗星似的扫灭了我们最自傲的神辉——流水涸,明星没,露珠散灭,电闪不再!

在这艳丽的日辉中,只见愉悦与欢舞与生趣,希望,闪烁的希望,在荡漾,在无穷的碧空中,在绿叶的光泽里,在虫鸟的歌吟中,在青草的摇曳中——夏之荣华,春之成功。春光与希望,是长驻的;自然与人生,是调谐的。

在远处有福的山谷内，莲馨花在坡前微笑，稚羊在乱石间跳跃，牧童们，有的吹着芦笛，有的平卧在草地上，仰看交幻的浮游的白云，放射下的青影在初黄的稻田中缥缈地移过。在远处安乐的村中，有妙龄的村姑，在流涧边照映她自制的春裙；口衔烟斗的农夫三四，在预度秋收的丰盈，老妇人们坐在家门外阳光中取暖，她们的周围有不少的儿童，手擎着黄白的钱花在环舞与欢呼。

在远——远处的人间，有无限的平安与快乐，无限的春光……

在此暂时可以忘却无数的落蕊与残红；亦可以忘却花荫中掉下的枯叶，私语的预告三秋的情意；亦可以忘却苦恼的僵瘪的人间，阳光与雨露的殷勤，不能再恢复他们腮颊上生命的微笑，亦可以忘却纷争的互杀的人间，阳光与雨露的仁慈，不能感化他们凶恶的兽性；亦可以忘却庸俗的卑琐的人间，行云与朝露的丰姿，不能引逗他们刹那间的凝视；亦可以忘却自觉的失望的人间，绚烂的春时与媚草，只能反激他们悲伤的意绪。

我亦可以暂时忘却我自身的种种；忘却我童年期清风白水似的天真；忘却我少年期种种虚荣的希冀；忘却我渐次的生命的觉悟；忘却我热烈的理想的寻求；忘却我心灵中乐观与悲观的斗争；忘却我攀登文艺高峰的艰辛；忘漩刹那的启示与彻悟之神奇；忘却我生命潮流之骤转；忘却我陷落在危险的旋涡中之幸与不幸；忘却我追忆不完全的梦境；忘却我大海底里埋首的秘密；忘却曾经刳割我灵魂的利刃，炮烙我灵魂的烈焰，摧毁我灵魂的狂飙与暴雨；忘却我的深刻的怨与艾；忘却我的冀与愿；忘却我的恩泽与惠感；忘却我的过去与现在……

过去的实在,渐渐的膨胀,渐渐的模糊,渐渐的不可辨认;现在的实在,渐渐的收缩,逼成了意识的一线,细极狭极的一线,又裂成了无数不相连续的黑点……黑点亦渐次的隐翳?幻术似的灭了,灭了,一个可怕的黑暗的空虚……

泰 山 日 出

振铎来信要我在《小说月报》的"泰戈尔号"上说几句话。我也曾答应了，但这一时游济南游泰山游孔陵，太乐了，一时竟拉不拢心思来做整篇的文字，一直挨到现在期限快到，只得勉强坐下来，把我想得到的话不整齐的写出。

我们在泰山顶上看出太阳。在航过海的人，看太阳从地平线下爬上来，本不是奇事；而且我个人是曾饱饫过江海与印度洋无比的日彩的。但在高山顶上看日出，尤其在泰山顶上，我们无餍的好奇心，当然盼望一种特异的境界，与平原或海上不同的。果然，我们初起时，天还暗沉沉的，西方是一片的铁青，东方些微有些白意，宇宙只是——如用旧词形容——一体莽莽苍苍的。但这是我一面感觉劲烈的晓寒，一面睡眼不曾十分醒豁时约略的印象。等到留心回览时，我不由的大声的狂叫——因为眼前只是一个见所未见的境界。原来昨夜整夜暴风的工程，却砌成一座普遍的云海，除了日观峰与我们所在的玉皇顶以外，东西南北只是平铺着弥漫的云气，在朝旭未露前，宛似无量数厚毛长绒的绵羊，交颈接背的眠着，卷耳与弯角都依稀辨认得出。那时候在这茫茫的云海中，我独自站在雾霭溟濛的小岛上，发生了奇异的幻想——

我躯体无限的长大，脚下的山峦比例我的身量，只是一块拳石；这巨人披着散发，长发在风里像一面墨色的大旗，飒飒的在飘荡。这巨人竖立在大地的顶尖上，仰面向着东方，平拓着一双长臂，在盼望，在迎接，在催促，在默默的叫唤；在崇拜，在祈祷，在流泪——在流久慕未见而将见悲喜交互的热泪……

这泪不是空流的，这默祷不是不生显应的。

巨人的手，指向着东方——

东方有的，在展露的，是什么？

东方有的是瑰丽荣华的色彩，东方有的是伟大普照的光明——出现了，到了，在这里了……

玫瑰汁、葡萄浆、紫荆液、玛瑙精、霜枫叶——大量的染工，在层累的云底工作；无数蜿蜒的鱼龙，爬进了苍白色的云堆。

一方的异彩，揭去了满天的睡意，唤醒了四隅的明霞——光明的神驹，在热奋地驰骋……

云海也活了；眠熟了兽形的涛澜，又回复了伟人的呼啸，昂头摇尾的向着我们朝露染青馒形的小岛冲洗，激起了四岸的水沫浪花，震荡着这生命的浮礁，似在报告光明与欢欣之临在……

再看东方——海句力士已经扫荡了它的阻碍，雀屏似的金霞，从无垠的肩上产生，展开在大地的边沿。……起……用力，用力。纯焰的圆颅，一探再探的跃出了地平，翻登了云背，临照在天空……

歌唱呀，赞美呀，这是东方之复活，这是光明的胜利……

散发祷祝的巨人，它的身影横亘在无边的云海上，已经渐渐的消翳在普遍的欢欣里；现在它雄浑的颂美的歌声，也已在霞彩变幻中，普彻了四方八隅……

听呀，这普彻的欢声；看呀，这普照的光明！

这是我此时回忆泰山日出时的幻想，亦是我想望泰戈尔来华的颂词。

丑　西　湖

"欲把西湖比西子，浓妆淡抹总相宜。"我们太把西湖看理想化了。夏天要算是西湖浓妆的时候，堤上的杨柳绿成一片浓青，里湖一带的荷叶荷花也正当满艳，朝上的烟雾，向晚的晴霞，那样不是现成的诗料，但这西姑娘你爱不爱？我是不成，这回一见面我回头就逃！什么西湖？这简直是一锅腥臊的热汤！西湖的水本来就浅，又不流通，近来满湖又全养了大鱼，有四五十斤的，把湖里袅袅婷婷的水草全给咬烂了，水浑不用说，还有那鱼腥味儿顶叫人难受。说起西湖养鱼，我听得有种种的说法，也不知那样是内情：有说养鱼干脆是官家谋利，放着偌大一个鱼沼，养肥了鱼打了去卖不是顶现成的；有说养鱼是为预防水草长得太放肆了怕塞满了湖心；也有说这些大鱼都是大慈善家们为要延寿或是求子或是求财源茂健特为从别地方买了来放生在湖里的，而且现在打鱼当官是不准。不论怎么样，西湖确是变了鱼湖了。六月以来杭州据说一滴水都没有过，西湖当然水浅得像个干血痨的美女，再加那腥味儿！今年南方的热，说来我们住惯北方的也不易信，白天热不说，通宵到天亮也不见放松，天天大太阳，夜夜满天星，节节高的一天暖似一天。杭州更比上海不堪，西湖那一洼浅水用不到几个钟头的晒就离滚沸不远什么，四面又是山，这热是来得去不得，一天不发大风打阵，这锅热汤，就永远不会凉。我那天到了晚上才雇了条船游湖，心想比岸上总可以凉快些。好，风不来还熬得，风一来可真难受极了，又热又带腥味儿，真叫人发眩作呕，我同船一个朋友当时就病了，我记得红海里两边的沙漠风都似乎较为可耐些！夜间十二点我们回家的时候都还是热虎虎的。还有湖里的蚊虫！简直是一群群的大水鸭子！你一生定就活该。

这西湖是太难了，气味先就不堪。再说沿湖的去处，本来顶清淡宜人的一个地方是平湖秋月，那一方平台，几棵杨柳，几折回廊，在秋月清澈的凉夜去坐着看湖确是别有风味，更好在去的人绝少，你夜间去总可以独占，唤起看守的人来泡一碗清茶，冲一杯藕粉，和几个朋友闲谈着消磨他半夜，真是清福。我三年前一次去有琴友有笛师，躺平在杨树底下看揉碎的月光，听水面上翻响的幽乐，那逸趣真不易。西湖的俗化真是一日千里，我每回去总添一度伤心：雷峰也羞跑了，断桥折成了汽车桥，哈得在湖心里造房子，某家大少爷的汽油船在三尺的柔波里兴风作浪，工厂的烟替代了出岫的霞，大世界以及什么舞台的锣鼓充当了湖上的啼莺，西湖，西湖，还有什么可留恋的！这回连平湖秋月也给糟蹋了，你信不信？

"船家，我们到平湖秋月去，那边总还清静。"

"平湖秋月？先生，清静是不清静的，格歇开了酒馆，酒馆着实闹忙哩，你看，望得见，穿白衣服的人多煞勒瞎，扇子挥得活血血的，还有唱唱的，十七八岁的姑娘，听听看——是无锡山歌哩，胡琴都蛮清爽的……"

那我们到楼外楼去吧。谁知楼外楼又是一个伤心！原来楼外楼那一楼一底的旧房子斜斜的对着湖心亭，几张揩抹得发白光的旧桌子，一两个上年纪的老堂倌，活络络的鱼虾，滑齐齐的莼菜，一壶远年，一碟盐水花生，我每回到西湖往往偷闲独自跑去领略这点子古色古香，靠在阑干上从堤边杨柳荫里望滟滟的湖光，晴有晴色，雨雪有雨雪的景致，要不然月上柳梢时意味更长，好在是不闹，晚上去也是独占的时候多，一边喝着热酒，一边与老堂倌随便讲讲湖上风光，鱼虾行市，也自有一种说不出的愉快。但这回连楼外楼都变了面目！地址不曾移动，但翻造了三层楼带屋顶的洋式门面，新漆亮光光的刺眼，在湖中就望见楼上电扇的疾转，客人闹盈盈的挤着，堂倌也换了，穿上西崽的长袍，原来那老朋友也看不见了，什么闲情逸趣都没有了！我们没办法，移一个桌子在楼下马路边吃了一点东西，果然连小菜都变了，真是可伤。泰戈尔来看了中国，发了很大的感慨。他说"世界上再没有第二个民族像你们这样蓄意的制造丑恶的精神"。怪不过老头牢骚，他来时对中国是怎样的期望（也许是诗人的期望），他看到的又是怎样一个现实！狄更生先生有一篇绝妙的文章，是他游泰山以后的感想，他对照西方人的俗与我们的雅，他们的唯利主义与我们的闲暇精神。他说只有中国人才真懂得爱护自然，他们在山水间的点缀是没有一点辜负自然的；实际上他们处处想法子增添自然的美，他们不容许煞风景的事业。他们在山上造路是依着山势回环曲折，铺上本山的石子，就这山道就饶有趣味，他们宁可牺牲一点便利，不愿斫丧自然的和谐。所以他们造的是妩媚的石径；欧美人来时不开马路就来穿山的电梯。他们在原来的石块上刻上美秀的诗文，漆成古色的青绿，在苔藓间掩映生趣；反之在欧美的山石上只见雪茄烟与各种生意的广告。他们在山林丛密处透出一角寺院的红墙，西方人起的是几层楼嘈杂的旅馆。听人说中国人得效法欧西，我不知道应得自觉虚心做学徒的究竟是谁？

这是十五年前狄更生先生来中国时感想的一节。我不知道他现在要是回来看看西湖的成绩，他又有什么妙文来颂扬我们的美德！

说来西湖真是个爱伦内。论山水的秀丽，西湖在世界上真有位置。那山光，那水色，别有一种醉人处，叫人不能不生爱。但不幸杭州的人种（我也算是杭州人），也不知怎的，特别的来得俗气来得陋相。不读书人无味，读书人更可厌，单听那一口杭白，甲隔甲隔的，就够人心烦！看来杭州人话会说（杭州人真会说话！），事也会做，近年来就"事业"方面看，杭州的建设的确不少，例如西湖堤上的六条桥就全给拉平了替汽车公司帮忙；但不幸经营山水的风景是另一种事业，决不是开铺子，做官一类的事业。平常布置一个小小的园林，我们尚且说总得主人胸中有些丘壑，如今整个的西湖放在一班大老的手里，他们的脑子里平常想些什么我不敢猜度，但就成绩看，他们的确是只图每年"我们杭州"商界收入的总数增加多少的一种头脑！开铺子的老班们也许沾了光，但是可怜的西湖呢？分明天生俊俏的一个少女，生生的叫一群粗汉去替她涂脂抹粉，就说没有别的难堪情形，也就够煞风景又煞风景！天啊，这苦恼的西子！

但是回过来说，这年头那还顾得了美不美！江南总算是天堂，到今天为止。别的地方人命只当得虫子，有路不敢走，有话不敢说，还来搭什么臭绅士的架子，挑什么够美不够美的鸟眼？

三
高山氤氲

泰　戈　尔

我有几句话想趁这个机会对诸君讲，不知道你们有没有耐心听。泰戈尔先生快走了，在几天内他就离别北京，在一两个星期内他就告辞中国。他这一去大约是不会再来的了。也许他永远不能再到中国。

他是六七十岁的老人，他非但身体不强健，他并且是有病的。所以他要到中国来，不但他的家属，他的亲戚朋友，他的医生，都不愿意他冒险，就是他欧洲的朋友，比如法国的罗曼·罗兰，也都有信去劝阻他。他自己也曾经踌躇了好久，他心里常常盘算他如其到中国来，他究竟能不能够给我们好处，他想中国人自有他们的诗人、思想家、教育家，他们有他们的智慧、天才、心智的财富与营养，他们更用不着外来的补助与戟刺，我只是一个诗人，我没有宗教家的福音，没有哲学家的理论，更没有科学家实利的效用，或是工程师建设的才能，他们要我去做什么，我自己又为什么要去，我有什么礼物带去满足他们的盼望。他真的很觉得迟疑，所以他延迟了他的行期。但是他也对我们说到冬天完了春风吹动的时候（印度的春风比我们的吹得早），他不由的感觉了一种内迫的冲动，他面对着逐渐滋长的青草与鲜花，不由的抛弃了，忘却了他应尽的职务，不由的解放了他的歌唱的本能，和着新来的鸣雀，在柔软的南风中开怀的讴吟。同时他收到我们催请的信，我们青年盼望他的诚意与热心，唤起了老人的勇气。他立即定夺了他东来的决心。他说趁我暮年的肢体不曾僵透,趁我衰老的心灵还能感受,决不可错过这最后唯一的机会,这博大、从容、礼让的民族,我幼年时便发心朝拜,与其将来在黄昏寂静的境界中萎衰的惆怅,毋宁利用这夕阳未瞑时的光芒,了却我晋香人的心愿?

他所以决意的东来,他不顾亲友的劝阻,医生的警告,不顾自身的高年与病体,他也撇开了在本国一切的任务,跋涉了万里的海程,他来到了中国。

自从四月十二在上海登岸以来,可怜老人不曾有过一半天完整的休息,旅行的劳顿不必说,单就公开的演讲以及较小集会时的谈话,至少也有了三四十次!他的,我们知道,不是教授们的讲义,不是教士们的讲道,他的心府不是堆积货品的栈房,他的辞令不是教科书的喇叭。他是灵活的泉水,一颗颗颤动的圆珠从他心里兢兢的泛登水面都是生命的精液;他是瀑布的吼声,在白云间,青林中,石罅里,不住的啸响;他是百灵的歌声,他的欢欣、愤慨、响亮的谐音,弥漫在无际的晴空。但是他是倦了。终夜的狂歌已经耗尽了子规的精力,东方的曙色亦照出他点点的心血染红了蔷薇枝上的白露。

老人是疲乏了。这几天他睡眠也不得安宁,他已经透支了他有限的精力。他差不多是靠散拿吐瑾过日的。他不由的不感觉风尘的厌倦,他时常想念他少年时在恒河边沿拍浮的清福,他想望椰树的清荫与曼果的甜瓜。

但他还不仅是身体的意劳,他也感觉心境的不舒畅。这是很不幸的。我们做主人的只是深深的负歉。他这次来华,不为游历,不为政治,更不为私人的利益,他熬着高年,冒着病体,抛弃自身的事业,备尝行旅的辛苦，他究竟为的是什么？他为的只是一点看不见的情感，说远一点，他的使命是在修补中国与印度两民族间中断千余年的桥梁。说近一点，他只想感召我们青年真挚的同情。因为他是信仰生命的，他是尊崇青年的，他是歌颂青春与清晨的，他永远指点着前途的光明。悲悯是当初释迦牟尼证果的动机，悲悯也是泰戈尔先生不辞艰苦的动机。现代的文明只是骇人的浪费，贪淫与残暴，自私与自大，相猜与相忌，飓风似的倾覆了人道的平衡，产生了巨大的毁灭。芜秽的心田里只是误解的蔓草，毒害同情的种子，更没有收成的希冀。在这个荒惨的境地里，难得有少数的丈夫，不怕阻难，不自馁怯，肩上扛着铲除误解的大锄，口袋里满装着新鲜人道的种子，不问天时是阴是雨是晴，不问是早晨是黄昏是黑夜，他只是努力的工作，清理一方泥土，施殖一方生命，同时口唱着嘹亮的新歌，鼓舞在黑暗中将次透露的萌芽。泰戈尔先生就是这少数中的一个。他是来广布同情的，他是来消除成见的。我们亲眼见过他慈祥的阳春似的表情，亲耳听过他从心灵底里迸裂出的大声，我想只要我们的良心不曾受恶毒的烟煤熏黑，或是被恶浊的偏见污抹，谁不曾感觉他至诚的力量，魔术似的，为我们生命的前途开辟了一个神奇的境界，燃点了理想的光明？所以我们也懂得他的深刻的懊怅与失望，如其他知道部分的青年不但不能容纳他的灵感，并且存心的诬毁他的热忱。我们固然奖励思想的独立，但我们决不敢附和误解的自由。他生平最满意的成绩就在他永远能得青年的同情，不论在德国，在丹麦，在美国，在日本，青年永远是他最忠心的朋友。他也曾经遭受种种的误解与攻击，政府的猜疑与报纸的诬捏与守旧派的讥评，不论如何的谬妄与剧烈，从不曾扰动他优容的大量，他的希望，他的信仰，他的爱心，他的至诚，完全的托付青年。我的须，我的发是白的，但我的心却永远是青的，他常常的对我们说，只要青年是我的知己，我理想的将来就有着落，我乐观的明灯永远不致黯淡。他不能相信纯洁的青年也会坠落在怀疑、猜忌、卑琐的泥溷，他更不能信中国的青年也会沾染不幸的污点。他真不预备在中国遭受意外的待遇。他很不自在，他很感觉异样的怆心。

因此精神的懊丧更加重他躯体的倦劳。他差不多是病了。我们当然很焦急的期望他的健康，但他再没有心境继续他的讲演。我们恐怕今天就是他在北京公开讲演最后的一个机会。他有休养的必要。我们也决不忍再使他耗费有限的精力。他不久又有长途的跋涉，他不能不有三四天完全的养息。所以从今天起，所有已经约定的集会，公开与私人的，一概撤销，他今天就出城去静养。

我们关切他的一定可以原谅，就是一小部分不愿意他来作客的诸君也可以自喜战略的成功。他是病了，他在北京不再开口了，他快走了，他从此不再来了。但是同学们，我们也得平心的想想，老人到底有什么罪，他有什么负心，他有什么不可容赦的犯案？公道是死了吗？为什么听不见你的声音？

他们说他是守旧，说他是顽固。我们能相信吗？他们说他是"太迟"，说他是"不合时宜"，我们能相信吗？他自己是不能信，真的不能信。他说这一定是滑稽家的反调。他一生所遭逢的批评只是太新，太早，太急进，太激烈，太革命的，太理想的，他六十年的生涯只是不断的奋斗与冲锋，他现在还只是冲锋与奋斗。但是他们说他是守旧，太迟，太老。他顽固奋斗的对象只是暴烈主义、资本主义、帝国主义、武力主义、杀灭性灵的物质主义；他主张的只是创造的生活，心灵的自由，国际的和平，教育的改造，普爱的实现。但他们说他是帝国政策的间谍，资本主义的助力，亡国奴族的流民，提倡裹脚的狂人！肮脏是在我们的政客与暴徒的心里，与我们的诗人又有什么关系？昏乱是在我们冒名的学者与文人的脑里，与我们的诗人又有什么亲属？我们何妨说太阳是黑的，我们何妨说苍蝇是真理？同学们，听信我的话，像他的这样伟大的声音我们也许一辈子再不会听着的了。留神目前的机会,预防将来的惆怅!他的人格我们只能到历史上去搜寻比拟。他的博大的温柔的灵魂我敢说永远是人类记忆里的一次灵迹。他的无边的想象是辽阔的同情使我们想起惠德曼;他的博爱的福音与宣传的热心使我们记起托尔斯泰;他的坚韧的意志与艺术的天才使我们想起造摩西像的米开朗基罗;他的诙谐与智慧使我们想象当年的苏格拉底与老聃!他的人格的和谐与优美使我们想念暮年的歌德;他的慈祥的纯爱的抚摩,他的为人道不厌的努力,他的磅礴的大声,有时竟使我们唤起救主的心像,他的光彩,他的音乐,他的雄伟,使我们想念奥林必克山顶的大神。他是不可侵凌的,不可逾越的,他是自然界的一个神秘的现象。他是三春和暖的南风,惊醒树枝上的新芽,增添处女颊上的红晕。他是普照的阳光。他是一派浩瀚的大水,来从不可追寻的渊源,在大地的怀抱中终古的流着,不息的流着,我们只是两岸的居民,凭借这慈恩的天赋,灌溉我们的田稻,苏解我们的消渴,洗净我们的污垢。他是喜马拉雅积雪的山峰,一般的崇高,一般的纯洁,一般的壮丽,一般的高傲,只有无限的青天枕藉他银白的头颅。

人格是一个不可错误的实在,荒歉是一件大事,但我们是饿惯了的,只认鸠形与鹄面是人生本来的面目,永远忘却了真健康的颜色与彩泽。标准的低降是一种可耻的堕落:我们只是踞坐在井底青蛙,但我们更没有怀疑的余地。我们也许揣详东方的初白,却不能非议中天的太阳。我们也许见惯了阴霾的天时,不耐这热烈的光焰,消散天空的云雾,暴露地面的荒芜,但同时在我们心灵的深处,我们岂不也感觉一个新鲜的影响,催促我们生命的跳动,唤醒潜在的想望,仿佛是武士望见了前峰烽烟的信号,更不踌躇的奋勇向前?只有接近了这样超轶的纯粹的丈夫,这样不可错误的实在,我们方始相形的自愧我们的口不够阔大,我们的嗓音不够响亮,我们的呼吸不够深长,我们的信仰不够坚定,我们的理想不够莹澈，我们的自由不够磅礴，我们的语言不够明白，我们的情感不够热烈，我们的努力不够勇猛，我们的资本不够充实……

我自信我不是恣滥不切事理的崇拜，我如其曾经应用浓烈的文字，这是因为我不能自制我浓烈的感想。但是我最急切要声明的是，我们的诗人，虽则常常招受神秘的徽号，在事实上却是最清明，最有趣，最诙谐，最不神秘的生灵。他是最通达人情，最近人情的。我盼望有机会追写他日常的生活与谈话。如其我是犯嫌疑的，如其我也是性近神秘的（有好多朋友这么说），你们还有适之先生的见证，他也说他是最可爱最可亲的个人：我们可以相信适之先生绝对没有"性近神秘"的嫌疑！所以无论他怎样的伟大与深厚，我们的诗人还只是有骨有血的人，不是野人，也不是天神。惟其是人，尤其是最富情感的人，所以他到处要求人道的温暖与安慰，他尤其要我们中国青年的同情与情爱。他已经为我们尽了责任，我们不应，更不忍辜负他的期望。同学们！爱你的爱，崇拜你的崇拜，是人情不是罪孽，是勇敢不是懦怯！

济慈的《夜莺歌》

诗中有济慈（John Keats）的《夜莺歌》，与禽中有夜莺一样的神奇。除非你亲耳听过，你不容易相信树林里有一类发痴的鸟，天晚了才开口唱，在黑暗里倾吐他的妙乐，愈唱愈有劲，往往直唱到天亮，连真的心血都跟着歌声从她的血管里呕出；除非你亲自咀嚼过，你也不易相信一个二十三岁的青年有一天早饭后坐在一株李树底下迅笔的写，不到三小时写成了一首八段八十行的长歌，这歌里的音乐与夜莺的歌声一样的不可理解，同是宇宙间一个奇迹，即使有那一天大英帝国破裂成无可记认的断片时，《夜莺歌》依旧保有他无比的价值：万万里外的星亘古的亮着，树林里的夜莺到时候就来唱着，济慈的夜莺歌永远在人类的记忆里存着。

那年济慈住在伦敦的Wentworth Place。百年前的伦敦与现在的英京大不相同，那时候"文明"的沾染比较的不深，所以华次华士站在威士明治德桥上，还可以放心的讴歌清晨的伦敦，还有福气在"无烟的空气"里呼吸，望出去也还看得见"田地、小山、石头、旷野，一直开拓到天边"。那时候的人，我猜想，也一定比较的不野蛮，近人情，爱自然，所以白天听得着满天的云雀，夜里听得着夜莺的妙乐。要是济慈迟一百年出世，在夜莺绝迹了的伦敦市里住着，他别的著作不敢说，这首《夜莺歌》至少，怕就不会成功，供人类无尽期的享受。说起真觉得可惨,在我们南方,古迹而兼是艺术品的,止淘成了西湖上一座孤单的雷峰塔,这千百年来雷峰塔的文学还不曾见面,雷峰塔的映影已经永别了波心!也许我们的灵性是麻皮做的,木屑做的,要不然这时代普遍的苦痛与烦恼的呼声还不是最富灵感的天然音乐——但是我们的济慈在哪里?我们的《夜莺歌》在哪里?济慈有一次低低的自语——"I feel the flowers growing on me"。意思是"我觉得鲜花一朵朵的长上了我的身",就是说他一想着了鲜花,他的本体就变成了鲜花,在草丛里掩映着,在阳光里闪亮着,在和风里一瓣瓣的无形的伸展着,在蜂蝶轻薄的口吻下羞晕着。这是想象力最纯粹的境界:孙猴子能七十二般变化,诗人的变化力更是不可限量——莎士比亚戏剧里至少有一百多个永远有生命的人物,男的女的、贵的贱的、伟大的、卑琐的、严肃的、滑稽的,还不是他自己摇身一变变出来的。济慈与雪莱最有这与自然谐合的变术——雪莱制《云歌》时我们不知道雪莱变了云还是云变了;雪莱歌《西风》时不知道歌者是西风还是西风是歌者;颂《云雀》时不知道是诗人在九霄云端里唱着还是百灵鸟在字句里叫着;同样的济慈咏"忧郁""Odeon Melancholy"时他自己就变了忧郁本体,"忽然从天上掉下来像一朵哭泣的云":他赞美"秋""To Autumn"时他自己就是在树叶底下挂着的叶子中心那颗渐渐发长的核仁儿,或是在稻田里静偃着玫瑰色的秋阳!这样比称起来,如其赵松雪关紧房门伏在地下学马的故事可信时,那我们的艺术家就落粗蠢,不堪的"乡下人气味"!

他那《夜莺歌》是他一个哥哥死的那年做的,据他的朋友有名肖像画家Rkbert Haydon给Miss Mitford的信里说,他在没有写下以前早就起了腹稿,一天晚上他们俩在草地里散步时济慈低低的背诵给他听——"...in a low, tremulous undertone which affected me extremely."那年碰巧——据著《济慈传》的Lord Houghton说,在他屋子的邻近来了一只夜莺,每晚不倦的歌唱,他很快活,常常留意倾听,一直听得他心痛神醉逼着他从自己的口里复制了一套不朽的歌曲。我们要记得济慈二十五岁那年在意大利在他一个朋友的怀抱里作古，他是，与他的夜莺一样，呕血死的！

能完全领略一首诗或是一篇戏曲，是一个精神的快乐，一个不期然的发见。这不是容易的事；要完全了解一个人的品性是十分难，要完全领会一首小诗也不得容易。我简直想说一半得靠你的缘分，我真有点儿迷信。就我自己说，文学本不是我的行业，我的有限的文学知识是"无师传授"的。裴德（Walter Pater）是一天在路上碰着大雨到一家旧书铺去躲避无意中发见的，歌德（Goethe）——说来更怪了——是司蒂文孙（R.L.S.）介绍给我的，（在他的Art of writcing那书里他称赞George Henry Lewes的《歌德评传》；Everman edition一块钱就可以买到一本黄金的书）。柏拉图是一次在浴室里忽然想着要去拜访他的。雪莱是为他也离婚才去仔细请教他的，杜思退益夫斯基、托尔斯泰、丹农雪乌、波特莱耳、卢骚，这一班人也各有各的来法，反正都不是经由正宗的介绍：都是邂逅，不是约会。这次我到平大教书也是偶然的，我教着济慈的《夜莺歌》也是偶然的，乃至我现在动手写这一篇短文，更不是料得到的。友鸾再三要我写才鼓起我的兴来，我也很高兴写，因为看了我的乘兴的话，竟许有人不但愿去读那《夜莺歌》，并且从此得到了一个亲口尝味最高级文学的门径，那我就得意极了。

但是叫我怎样讲法呢？在课堂里一头讲生字一头讲典故，多少有一个讲法，但是现在要我坐下来把这首整体的诗分成片段诠释它的意义，可真是一个难题！领略艺术与看山景一样，只要你地位站得适当，你这一望一眼便吸收了全景的精神；要你"远视"的看，不是近视的看；如其你捧住了树才能见树，那时即使你不惜工夫一株一株的审查过去，你还是看不到全林的景子。所以分析的看艺术，多少是杀风景的：综合的看法才对。所以我现在勉强讲这《夜莺歌》，我不敢说我能有什么心得的见解！我并没有！我只是在课堂里讲书的态度，按句按段的讲下去就是；至于整体的领悟还得靠你们自己，我是不能帮忙的。

你们没有听过夜莺先是一个困难。北京有没有我都不知道。下回萧友梅先生的音乐会要是有贝德花芬的第六个"沁芳南"（The Pastoral Symphony）时，你们可以去听听，那里面有夜莺的歌声。好吧，我们只能要同意听音乐——自然的或人为的——有时可以使我们听出神：譬如你晚上在山脚下独步时听着清越的笛声，远远的飞来，你即使不滴泪，你多少不免"神往"不是？或是在山中听泉乐，也可使你忘却俗景，想象神境。我们假定夜莺的歌声比我们白天听着的什么鸟都要好听；他初起像是龚云甫，嗓子发沙的，很懈的试她的新歌；顿上一顿，来了，有调了。可还不急，只是清脆悦耳，像是珠走玉盘（比喻是满不相干的）！慢慢的她动了情感，仿佛忽然想起什么事情使他激成异常的愤慨似的，他这才真唱了，声音越来越亮，调门越来越新奇，情绪越来越热烈，韵味越来越深长，像是无限的欢畅，像是艳丽的怨慕，又像是变调的悲哀——直唱得你在旁倾听的人不自主的跟着她兴奋，伴着她心跳。你恨不得和着她狂歌，就差你的嗓子太粗太浊合不到一起！这是夜莺；这是济慈听着的夜莺，本来晚上万籁静定后声音的感动力就特强，何况夜莺那样不可模拟的妙乐。

好了，你们先得想象你们自己也教音乐的沉醺浸醉了，四肢软绵绵的，心头痒莘莘的，说不出的一种浓味的馥郁的舒服，眼帘也是懒洋洋的挂不起来，心里满是流膏似的感想，辽远的回忆，甜美的惆怅，闪光的希冀，微笑的情调一齐兜上方寸灵台时——再来——"in a low, tiemulous under-tone"——开通济慈的《夜莺歌》，那才对劲儿！

这不是清醒时的说话;这是半梦呓的私语:心里畅快的压迫太重了流出口来绻缱的细语——我们用散文译过他的意思来看——

(一)"这唱歌的,唱这样神妙的歌的,决不是一只平常的鸟;她一定是一个树林里美丽的女神,有翅膀会得飞翔。她真乐呀,你听独自在黑夜的树林里,在架干交叉,浓荫如织的青林里,她畅快的开放她的歌调,赞美着初夏的美景,我在这里听她唱,听的时候已经很多,她还是恣情的唱着;啊,我真被她的歌声迷醉了,我不敢羡慕她的清福,但我却让她无边的欢畅催眠住了,我像是服了一剂麻药,或是喝尽了一剂鸦片汁,要不然为什么这睡昏昏思离离的像进了黑甜乡似的,我感觉着一种微倦的麻痹,我太快活了,这快感太尖锐了,竟使我心房隐隐的生痛了!"

(二)"你还是不倦的唱着——在你的歌声里我听出了最香洌的美酒的味儿。啊,喝一杯陈年的真葡萄酿多痛快呀!那葡萄是长在暖和的南方的,普鲁罔斯那种地方,那边有的是幸福与欢乐,他们男的女的整天在宽阔的太阳光底下作乐,有的携着手跳春舞,有的弹着琴唱恋歌;再加那遍野的香草与各样的树馨——在这快乐的地土下他们有酒窖埋着美酒。现在酒味益发的澄静,香洌了。真美呀,真充满了南国的乡土精神的美酒,我要来引满一杯,这酒好比是希宝克林灵泉的泉水,在日光里滟滟发虹光的清泉,我拿一只古爵盛一个扑满。啊,看呀!这珍珠似的酒沫在这杯边上发瞬,这杯口也叫紫色的浓浆染一个鲜艳;你看看,我这一口就把这一大杯酒吞了下去——这才真醉了,我的神魂就脱离了躯壳,幽幽的辞别了世界,跟着你清唱的音响,像一个影子似淡淡的掩入了你那暗沉沉的林中。"

(三)"想起这世界真叫人伤心。我是无沾恋的,巴不得有机会可以逃避，可以忘怀种种不如意的现象，不比你在青林茂荫里过无忧的生活，你不知道也无须过问我们这寒伧的世界，我们这里有的是热病、厌倦、烦恼，平常朋友们见面时只是愁颜相对，你听我的牢骚，我听你的哀怨；老年人耗尽了精力，听凭痹症摇落他们仅存的几茎可怜的白发；年轻人也是叫不如意事蚀空了，满脸的憔悴，消瘦得像一个鬼影，再不然就进墓门；真是除非你不想他，你要一想的时候就不由的你发愁，不由的你眼睛里钝迟迟的充满了绝望的晦色；美更不必说，也许难得在这里，那里，偶然露一点痕迹，但是转瞬间就变成落花流水似没了，春光是挽留不住的，爱美的人也不是没有，但美景既不常驻人间，我们至多只能实现暂时的享受，笑口不曾全开，愁颜又回来了！因此我只想顺着你歌声离别这世界，忘却这世界，解化这忧郁沉沉的知觉。"

（四）"人间真不值得留恋，去吧，去吧！我也不必乞灵于培克司（酒神）与他那宝辇前的文豹，只凭诗情无形的翅膀我也可以飞上你那里去。啊，果然来了！到了你的境界了！这林子里的夜是多温柔呀，也许皇后似的明月此时正在她天中的宝座上坐着，周围无数的星辰像侍臣似的拱着她。但这夜却是黑，暗阴阴的没有光亮，只有偶然天风过路时把这青翠荫蔽吹动，让半亮的天光丝丝的漏下来，照出我脚下青茵浓密的地土。"

（五）"这林子里梦沉沉的不漏光亮，我脚下踏着的不知道是什么花，树枝上渗下来的清馨也辨不清是什么香；在这薰香的黑暗中我只能按着这时令猜度这时候青草里，矮丛里，野果树上的各色花香；——乳白色的山楂花，有刺的野蔷薇，在叶丛里掩盖着的芝罗兰已快萎谢了，还有初夏最早开的麝香玫瑰，这时候准是满承着新鲜的露酿，不久天暖和了，到了黄昏时候，这些花堆里多的是采花来的飞虫。"

我们要注意从第一段到第五段是一顺下来的：第一段是乐极了的谵语，接着第二段声调跟着南方的阳光放亮了一些，但情调还是一路的缠绵。第三段稍为激起一点浪纹，迷离中夹着一点自觉的愤慨，到第四段又沉了下去，从"already with thee！"起，语调又极幽微，像是小孩子走入了一个阴凉的地窖子，骨髓里觉着凉，心里却觉着半害怕的特别意味，他低低的说着话，带颤动的，断续的；又像是朝上风来吹断清梦时的情调；他的诗魂在林子的黑荫里闻着各种看不见的花草的香味，私下一一的猜测诉说，像是山涧平流入湖水时的尾声……这第六段的声调与情调可全变了；先前只是畅快的惝恍，这下竟是极乐的谵语了。他乐极了，他的灵魂取得了无边的解说与自由，他就想永保这最痛快的俄顷，就在这时候轻轻的把最后的呼吸和入了空间，这无形的消灭便是极乐的永生；他在另一首诗里说——

I know this being's lease,
My fancy to its utmost bliss spreads,
Yet could I on this veiy midneght cease,
And the worlds gaudy ensign see in shreds;
Verse, Fame and beauty are intense indeed,
But Death in tenser-Death is life's high Meeh.

在他看来，（或是在他想来），"生"是有限的，生的幸福也是有限的——诗，声名与美是我们活着时最高的理想，但都不及死，因为死是无限的，解化的，与无尽流的精神相投契的，死才是生命最高的蜜酒，一切的理想在生前只能部分的，相对的实现，但在死里却是整体的绝对的谐合，因为在自由最博大的死的境界中一切不调谐的全调谐了，一切不完全的都完全了，他这一段用的几个状词要注意，他的死不是苦痛，是"Easeful Death"舒服的,或是竟可以翻作"逍遥的死";还有他说"Quiet Breath",幽静或是幽静的呼吸,这个观念在济慈诗里常见,很可注意;他在一处排列他得意的幽静的比象——

AUTUMN SUNS
Smiling at eve upon the quiet sheaves.
Sweet Sapphos Cheek—a sleeping infant's breath—
The gradual sand that througn an hour glass runs
A woodland rivulet, a Poet's death.

秋田里的晚霞,沙浮女诗人的香腮,睡孩的呼吸,光阴渐缓的流沙,山林里的小溪,诗人的死。他诗里充满着静的,也许香艳的,美丽的静的意境,正如雪莱的诗里无处不是动,生命的振动,剧烈的,有色彩的,嘹亮的。我们可以拿济慈的《秋歌》对照雪莱的《西风歌》,济慈的"夜莺"对比雪莱的"云雀",济慈的"忧郁"对比雪莱的"云",一是动、舞、生命、精华的、光亮的、搏动的生命,一是静、幽、甜熟的、渐缓的"奢侈"的死,比生命更深奥更博大的死,那就是永生。懂了他的生死的概念我们再来解释他的诗:

(六)"但是我一面正在猜测着这青林里的这样那样,夜莺他还是不歇的唱着,这回唱得更浓更烈了。(先前只像荷池里的雨声,调虽急,韵节还是很匀净的;现在竟像大块的骤雨落在盛开的丁香林中,这白英在狂颤中缤纷的堕地,雨中的一阵香雨,声调急促极了。)所以他竟想在这极乐中静静的解化,平安的死去,所以他竟与无痛苦的解脱发生了恋爱,昏昏的随口编着钟爱的名字唱着赞美他,要他领了他永别这生的世界,投入永生的世界。这死所以不仅不是痛苦,真是最高的幸福,不仅不是不幸，并且是一个极大的奢侈；不仅不是消极的寂灭，这正是真生命的实现。在这青林中，在这半夜里，在这美妙的歌声里，轻轻的挑破了生命的水泡，啊，去吧！同时你在歌声中倾吐了你的内蕴的灵性，放胆的尽性的狂歌好像你在这黑暗里看出比光明更光明的光明，在你的叶荫中实现了比快乐更快乐的快乐；——我即使死了，你还是继续的唱着，直唱到我听不着，变成了土，你还是永远的唱着。"

这是全诗精神最饱满音调最神灵的一节，接着上段死的意思与永生的意思，他从自己又回想到那鸟的身上，他想我可以在这歌声里消散，但这歌声的本体呢？听歌的人可以由生入死，由死得生，这唱歌的鸟，又怎样呢？以前的六节都是低调，就是第六节调虽变，音还是像在浪花里浮沉着的一张叶片，浪花上涌时叶片上涌，浪花低伏时叶片也低伏；但这第七节是到了最高点，到了急调中的争调——诗人的情绪，和着鸟的歌声，尽情的涌了出来；他的迷醉中的诗魂已经到了梦与醒的边界。

这节里Ruth的本事是在旧约书里 The Book Of Ruth，她是嫁给一个客民的，后来丈夫死了，她的姑要回老家，叫她也回自己的家再嫁人去，罗司一定不肯，情愿跟着她的姑到外国去守寡，后来她在麦田里收麦，她常常想着她的本乡，济慈就应用这段故事。

（七）"方才我想到死与灭亡，但是你，不死的鸟呀，你是永远没有灭亡的日子，你的歌声就是你不死的一个凭证。时代尽迁异，人事尽变化，你的音乐还是永远不受损伤，今晚上我在此地听你，这歌声还不是在几千年前已经在着，富贵的王子曾经听过你，卑贱的农夫也听过你：也许当初罗司那孩子在黄昏时站在异邦的田里割麦，他眼里含着一包眼泪思念故乡的时候，这同样的歌声，曾经从林子里透出来，给她精神的慰安，也许在中古时期幻术家在海上变出蓬莱仙岛，在波心里起造着楼阁，在这里面住着他们摄取来的美丽的女郎，她们凭着窗户望海思乡时，你的歌声也曾经感动她们的心灵，给他们平安与愉快。"

（八）这段是全诗的一个总束，夜莺放歌的一个总束，也可以说人生的大梦的一个总束。他这诗里有两相对的（动机）；一个是这现世界，与这面目可憎的实际的生活：这是他巴不得逃避，巴不得忘却的，一个是超现实的世界，音乐声中不朽的生命，这是他所想望的，他要实现的，他愿意解除脱了不完全暂时的生为要化入这完全的永久的生。他如何去法，凭酒的力量可以去，凭诗的无形的翅膀亦可以飞出尘寰，或是听着夜莺不断的唱声也可以完全忘却这现世界的种种烦恼。他去了，他化入了温柔的黑夜，化入了神灵的歌声——他就是夜莺；夜莺就是他。夜莺低唱时他也低唱，高唱时他也高唱，我们辨不清谁是谁，第六第七段充分发挥"完全的永久的生"那个动机，天空里，黑夜里已经充塞了音乐——所以在这里最高的急调尾声一个字音 forlorn 里转回到那一个动机，他所从来那个现实的世界，往来穿着的还是那一条线，音调的接合，转变处也极自然；最后糅和那两个相反的动机，用醒（现世界）与梦（想象世界）结束全文，像拿一块石子掷入山壑内的深潭里，你听那音响又清切又谐和，余音还在山壑里回荡着，使你想见那石块慢慢的，慢慢的沉入了无底的深潭……音乐完了，梦醒了，血呕尽了，夜莺死了！但他的余韵却袅袅的永远在宇宙间回响着……

拜　伦

荡荡万斛船，影若扬白虹。

自非风动天，莫置大水中。

——杜甫

今天早上，我的书桌上散放着一垒书，我伸手提起一枝毛笔蘸饱了墨水正想下笔写的时候，一个朋友走进屋子来，打断了我的思路。"你想做什么？"他说。"还债，"我说，"一辈子只是还不清的债，开销了这一个，那一个又来，像长安街上要饭的一样，你一开头就糟。这一次是为他。"我手点着一本书里Westall画的拜伦像（原本现在伦敦肖像画院）。"为谁，拜伦！"那位朋友的口音里夹杂了一些鄙夷的鼻音。"不仅做文章，还想替他开会哪。"我跟着说。"哼，真有工夫，又是戴东原那一套。"——那位先生发议论了——"忙着替死鬼开会演说追悼，哼！我们自己的祖祖宗宗的生忌死忌，春祭秋祭，先就忙不开，还来管姓呆姓摆的出世去世；中国鬼也就够受，还来张罗洋鬼！俄国共产党的爸爸死了，北京也听见悲声，上海广东也听见哀声；书呆子的退伍总统死了，又来一个同声一哭。二百年前的戴东原还不是一个一头黄毛一身奶臭一把鼻涕一把尿的娃娃，与我们什么相干，又用得着我们的正颜厉色开大会做论文！现在真是愈出愈奇了，什么，连拜伦也得利益均沾，又不是疯了，你们无事忙的文学先生们！谁是拜伦？一个滥笔头的诗人,一个宗教家说的罪人,一个花花公子,一个贵族。就使追悼会纪念会是现代的时髦,你也得想想受追悼的配不配,也得想想跟你们所谓时代精神合式不合式,拜伦是贵族,你们贵国是一等的民生共和国,哪里有贵族的位置?拜伦又没有发明什么苏维埃,又没有做过世界和平的大梦,更没有用科学方法整理过国故,他只是一个拐腿的纨绔诗人,一百年前也许出过他的风头,现在埋在英国纽斯推德(Newstead)的贵首头都早烂透了,为他也来开纪念会,哼,他配!讲到拜伦的诗你们也许与苏和尚的脾味合得上,看得出好处,这是你们的福气——要我看他的诗也不见得比他的骨头活得了多少。并且小心,拜伦倒是条好汉,他就恨盲目的崇拜,回头你们东抄西剽的忙着做文章想是讨好他,小心他的鬼魂到你梦里来大声的骂你一顿!"

那位先生大发牢骚的时候,我已经抽了半支的烟,眼看着缭绕的氤氲,耐心的挨他的骂,方才想好赞美拜伦的文章也早已变成了烟丝飞散:我呆呆的靠在椅背上出神了——

拜伦是真死了不是?全朽了不是?真没有价值,真不该替他揄扬传布不是?

眼前扯起了一重重的雾幔,灰色的、紫色的,最后呈现了一个惊人的造像。最纯粹,光净的白石雕成的一个人头,供在一架五尺高的檀木几上,放射出异样的光辉,像是阿博洛,给人类光明的大神,凡人从没有这样庄严的"天庭",这样不可侵犯的眉宇,这样的头颅,但是不,不是阿博洛,他没有那样骄傲的锋芒的大眼,像是阿尔帕斯山南的蓝天,像是威尼市的落日,无限的高远,无比的壮丽,人间的万花镜的展览反映在他的圆睛中,只是一层鄙夷的薄翳;阿博洛也没有那样美丽的发鬈,像紫葡萄似的一穗穗贴在花岗石的墙边;他也没有那样不可信的口唇,小爱神背上的小弓也比不上他的精致,口角边微露着厌世的表情,像是蛇身上的文彩,你明知是恶毒的,但你不能否认他的艳丽;给我们弦琴与长笛的大神也没有那样圆整的鼻孔,使我们想象他的生命的剧烈与伟大,像是大火山的决口……

不,他不是神,他是凡人,比神更可怕更可爱的凡人,他生前在红尘的狂涛中沐浴,洗涤他的遍体的斑点,最后他踏脚在浪花的顶尖,在阳光中呈露他的无瑕的肌肤,他的骄傲,他的力量,他的壮丽,是天上瑳奕司与玖必德的忧愁。

他是一个美丽的恶魔,一个光荣的叛儿。

一片水晶似的柔波,像一面晶莹的明镜,照出白头的"少女",闪亮的"黄金篦","快乐的阿翁"。此地更没有海潮的啸响,只有草虫的讴歌,醉人的树色与花香,与温柔的水声,小妹子的私语似的,在湖边吞咽。山上有急湍,有冰河,有幔天的松林,有奇伟的石景。瀑布像是疯癫的恋人,在荆棘丛中跳跃,从巉岩上滚坠,在磊石间震碎,激起无量数的珠子,圆的、长的、乳白色的、透明的,阳光斜落在急流的中腰,幻成五彩的虹纹。这急湍的顶上是一座突出的危崖,像一个猛兽的头颅,两旁幽邃的松林,像是一颈的长鬣,一阵阵的瀑雷,像是他的吼声。在这绝壁的边沿站着一个丈夫,一个不凡的男子,怪石一般的峥嵘。朝旭一般的美丽,劲瀑似的桀骜,松林似的忧郁。他站着,交抱着手臂,翻起一双大眼,凝视着无极的青天,三个阿尔帕斯的鸷鹰在他的头顶不息的盘旋;水声、松涛的呜咽,牧羊人的笛声,前峰的崩雪声——他凝神的听着。

只要一滑足,只要一纵身,他想,这躯壳便崩雪似的坠入深潭,粉碎在美丽的水花中,这些大自然的谐音便是赞美他寂灭的丧钟。他是一个骄子：人间踏烂的蹊径不是为他准备的，也不是人间的镣链可以锁住他的鸷鸟的翅羽。他曾经丈量过巴南苏斯的群峰，曾经搏斗过海理士彭德海峡的凶涛，曾经在马拉松放歌，曾经在爱琴海边狂啸，曾经践踏过滑铁卢的泥土，这里面埋着一个败灭的帝国。他曾经实现过西撒凯旋时的光荣，丹桂笼住他的发鬓，玫瑰承住他的脚踪，但他也免不了他的滑铁卢；运命是不可测的恐怖，征服的背后隐着僇辱的狞笑，御座的周遭显现了猙狞的幻景；现在他的遍体的斑痕，都是诽毁的箭镞，不更是繁花的装缀，虽则在他的无瑕的体肤上一样的不曾停留些微污损。……太阳也有他的淹没的时候，但是谁能忘记他临照时的光焰？

What is life, what is death, and what are we.
That when the ship sinks, we no longer may be.

虬哪（Juno）发怒了。天变了颜色，湖面也变了颜色。四周的山峰都披上了黑雾的袍服，吐出迅捷的火舌，摇动着，仿佛是相互的示威，雷声像猛兽似的在山坳里咆哮、跳荡，石卵似的雨块，随着风势打击着一湖的磷光，这时候（一八一六年，六月十五日）仿佛是爱俪儿（Ariel）的精灵耸身在绞绕的云中，默唪着咒语，眼看着——

Jove's lightnings, the precursors

O'the dreadful thunder-claps...

The fire, and cracks

Of sulphurous roaring, the most mighty Neptune

Seem'd to besiehe, and make his bold waves tremble,

Yea his dreae tridents shade.

（Tem est）

在这大风涛中，在湖的东岸，龙河（Rhone）合流的附近，在小屿与白沫间，飘浮着一只疲乏的小舟，扯烂的布帆，破碎的尾舵，冲当着巨浪的打击，舟子只是着忙的祷告。乘客也失去了镇定，都已脱卸了外衣，准备与涛澜搏斗。这正是卢骚的故乡，那小舟的历险处又恰巧是玖荔亚与圣潘罗（Julia and St. Preux）遇难的名迹。舟中人有一个美貌的少年是不会泅水的，但他却从不介意他自己的骸骨的安全，他那时满心的忧虑，只怕是船翻时连累他的友人为他冒险，因为他的友人是最不怕险恶的，厄难只是他的雄心的激刺，他曾经狎侮爱琴海与地中海的怒涛，何况这有限的梨梦湖中的掀动，他交叉着手，静看着萨福埃（Savoy）的雪峰，在云罅里隐现。这是历史上一个稀有的奇逢，在近代革命精神的始祖神感的胜处，在天地震怒的俄顷，载在同一的舟中。一对共患难的，伟大的诗魂，一对美丽的恶魔，一对光荣的叛儿！

他站在梅锁朗奇（Mesolongion）的滩边（一八二四年，一月，四至二十二日）。海水在夕阳里起伏，周遭静瑟瑟的莫有人迹，只有连绵的砂碛，几处卑陋的草屋，古庙宇残圮的遗迹，三两株灰苍色的柱廊，天空飞舞着几只阔翅的海鸥，一片荒凉的暮景。他站在滩边，默想古希腊的荣华，雅典的文章，斯巴达的雄武，晚霞的颜色二千年来不曾消灭，但自由的鬼魂究不曾在海砂上留存些微痕迹……他独自的站着，默想他自己的身世，三十六年的光阴已在时间的灰烬中埋着，爱与憎，得志与屈辱：盛名与怨诅，志愿与罪恶，故乡与知友，威尼市的流水，罗马古剧场的夜色，阿尔帕斯的白雪，大自然的美景与愤怒，反叛的磨折与尊荣，自由的实现与梦境的消残……他看着海砂上映着的曼长的身形，凉风拂动着他的衣裾——寂寞的天地间的一个寂寞的伴侣——他的灵魂中不由的激起了一阵感慨的狂潮，他把手掌埋没了头面。此时日轮已经翳隐，天上星先后的显现，在这美丽的瞑色中，流动着诗人的吟声，像是松风，像是海涛，像是蓝奥孔苦痛的呼声，像是海伦娜岛上绝望的吁欢——

Tis time this heart should be unmoved,

Since others it hath ceased to move;

Yet, though I cannot be beloved.

still let me love!

My days are in the yellow leaf;

The flowers and fruits of love are gone;

The worm, the canker, and the grief;

Are mine alone!

The fire that on my bosom preys

Is lone as some volcanic isle;

No torch is kindled at its blaze—

A funeral pile!

The hope, the fear, the jealous care,

The exalted portion of the pain

And power of love, I cannot share,

But wear the chain.

But 'tis not thus—and 'tis not here—

Such thoughts should shake my soul, nor now,

Where glory decks the hero's bier

Or binds his brow.

The sword, the banner, and the field,

Glory and Grace, around me see!

The Spartan, born upon his shield,

Was not more free.

Awake! (not Greece—she is awake!)

Awake, my spirit! Think through whom

The life—blood tracks its parent lake,

And then strike home!

Tread those reviving passions down;

Unworthy manhood!—unto thee

Indifferent should the smile or frown

Of beauty be.

If thou regret'st thy youth, why live;

The land of honorable death

Is here: —up to the field, and give

Away thy breath!

Seek out—less sought than found—

A dier's grave for thee the best;

Then look around, and choose thy ground,

And take thy rest.

年岁已经僵化我的柔心,

我再不能感召他人的同情;

但我虽则不敢想望恋与悯,

我不愿无情!

往日已随黄叶枯萎, 飘零;

恋情的花与果更不留纵影,

只剩有腐土与虫与怆心,

长伴前途的光阴!

烧不尽的烈焰在我的胸前,

孤独的, 像一个喷火的荒岛;

更有谁凭吊, 更有谁怜——

一堆残骸的焚烧!

希冀,恐惧,灵魂的忧焦,

恋爱的灵感与苦痛与蜜甜,

我再不能尝味,再不能自傲——

我投入了监牢!

但此地是古英雄的乡国,

白云中有不朽的灵光,

我不当怨艾,惆怅,为什么

这无端的凄惶?

希腊与荣光,军旗与剑器,

古战场的尘埃,在我的周遭,

古勇士也应慕美我的际遇,

此地,今朝!

苏醒!(不是希腊——她早已惊起!)

苏醒,我的灵魂!问谁是你的

血液的泉源,休辜负这时机,

鼓舞你的勇气!

丈夫!休教已住的沾恋

梦魇似的压迫你的心胸。

美妇人的笑与颦的婉恋,

更不当容宠!

再休眷念你的消失的青年,

此地是健儿殉身的乡土,

听否战场的军鼓,向前,

毁灭你的体肤!

只求一个战士的墓窟,

收束你的生命，你的光阴；
去选择你的归宿的地域，
自此安宁。

他念完了诗句，只觉得遍体的狂热，塞住了呼吸，他就把外衣脱下，走入水中，向着浪头的白沫里耸身一窜，像一只海豹似的，鼓动着鳍脚，在铁青色的水波里泳了出去。

"冲锋，冲锋，跟我来！"

冲锋，冲锋，跟我来！这不是早一百年拜伦在希腊梅锁龙奇临死前昏迷时说的话？那时他的热血已经让冷血的医生给放完了，但是他的争自由的旗帜却还是紧紧的擎在他的手里。

再迟八年，一位八十二岁的老翁也在他的解脱前，喊一声"More light!"

"不够光亮！""冲锋，冲锋，跟我来！"

火热的烟灰掉在我的手背上，惊醒了我的出神，我正想开口答复那位朋友的讥讽，谁知道睁眼看时，他早溜了！

罗 曼 · 罗 兰

罗曼·罗兰（Romain Rolland），这个美丽的音乐的名字，究竟代表些什么？他为什么值得国际的敬仰，他的生日为什么值得国际的庆祝？他的名字，在我们多少知道他的几个人的心里，引起些个什么？他是否值得我们已经认识他思想与景仰他人格的更亲切的认识他，更亲切的景仰他；从不曾接近他的赶快从他的作品里去接近他？

一个伟大的作者如罗曼·罗兰或托尔斯泰，正是一条大河，它那波澜，它那曲折，它那气象，随处不同，我们不能画出它的一湾一角来代表它那全流。我们有幸福在书本上结识它们的正比是尼罗河或扬子江沿岸的泥坷，各按我们的受量分沾它们的润泽的恩惠罢了。说起这两位作者——托尔斯泰与罗曼·罗兰：他们灵感的泉源是同一的，他们的使命是同一的，他们在精神上有相互的默契（详后），仿佛上天从不教他的灵光在世上完全灭迹，所以在这普遍的混浊与黑暗的世界内往往有这类禀承灵智的大天才在我们中间指点迷途，启示光明。但他们也自有他们不同的地方；如其我们还是引申上面这个比喻，托尔斯泰、罗曼·罗兰的前人，就更像是尼罗河的流域，它那两岸是浩瀚的沙碛，古埃及的墓宫，三角金字塔的映影，高矗的棕榈类的林木，间或有帐幕的游行队，天顶永远有异样的明星；罗曼·罗兰、托尔斯泰的后人，像是扬子江的流域，更近人间，更近人情的大河，它那两岸是青绿的桑麻，是连枷的房屋，在波澜里泅着的是鱼是虾，不是长牙齿的鳄鱼，岸边听得见的也不是神秘的驼铃，是随熟的鸡犬声。这也许是斯拉夫与拉丁民族各有的异禀，在这两位大师的身上得到更集中的表现，但他们润泽这苦旱的人间的使命是一致的。

十五年前一个下午，在巴黎的大街上，有一个穿马路的叫汽车给碰了，差一点没有死。他就是罗曼·罗兰。那天他要是死了，巴黎也不会怎样的注意，至多报纸上本地新闻栏里登一条小字："汽车肇祸，撞死一个走路的，叫罗曼·罗兰，年四十五岁，在大学里当过音乐史教授，曾经办过一种不出名的杂志叫 Cahiers de la Quinzaine 的。"

但罗兰不死，他不能死；他还得完成他分定的使命。在欧战爆裂的那一年，罗兰的天才，五十年来在无名的黑暗里埋着的，忽然取得了普遍的认识。从此他不仅是全欧心智与精神的领袖，他也是全世界一个灵感的泉源。他的声音仿佛是最高峰上的崩雪，回响在远远的万壑间。五年的大战毁了无数的生命与文化的成绩，但毁不了的是人类几个基本的信念与理想，在这无形的精神价值的战场上，罗兰永远是一个不仆的英雄。对着在恶斗的旋涡里挣扎着的全欧，罗兰喊一声彼此是弟兄放手！对着蜘网似密布，疫疠似蔓延的怨恨，仇毒，虚妄，疯癫，罗兰集中他孤独的理智与情感的力量作战。对着普遍破坏的现象，罗兰伸出他单独的臂膀开始组织人道的势力。对着叫褊浅的国家主义与恶毒的报复本能迷惑住的智识阶级，他大声的唤醒他们应负的责任，要他们恢复思想的独立，救济盲目的群众。"在战场的空中"——"Above the Battle Field"——不是在战场上，在各民族共同的天空，不是在一国的领土内，我们听得罗兰的大声，也就是人道的呼声，像一阵光明的骤雨，激斗着地面上互杀的烈焰。罗兰的作战是有结果的，他联合了国际间自由的心灵，替未来的和平筑一层有力的基础。这是他自己的话：

我们从战争得到一个付重价的利益，它替我们联合了各民族中不甘受流行的种族怨毒支配的心灵。这次的教训益发激励他们的精力，强固他们的意志。谁说人类友爱是一个绝望的理想？我再不怀疑未来的全欧一致的结合。我们不久可以实现那精神的统一。这战争只是它的热血的洗礼。

这是罗兰，勇敢的人道的战士！当他全国的刀锋一致向着德人的时候，他敢说不，真正的敌人是你们自己心怀里的仇毒。当全欧破碎成不可收拾的断片时，他想象到人类更完美的精神的统一。友爱与同情，他相信，永远是打倒仇恨与怨毒的利器；他永远不怀疑他的理想是最后的胜利者。在他的前面有托尔斯泰与道施滔奄夫斯基（虽则思想的形式不同）他的同时有泰戈尔与甘地（他们的思想的形式也不同），他们的立场是在高山的顶上，他们的视域在时间上是历史的全部，在空间里是人类的全体，他们的声音是天空里的雷震，他们的赠与是精神的慰安。我们都是牢狱里的囚犯，镣铐压住的，铁栏锢住的，难得有一丝雪亮暖和的阳光照上我们黝黑的脸面，难得有喜雀过路的欢声清醒我们昏沉的头脑。"重浊"，罗兰开始他的《贝德花芬传》：

重浊是我们周围的空气。这世界是叫一种凝厚的污浊的秽息给闷住了……一种卑琐的物质压在我们的心里，压在我们的头上，叫所有民族与个人失却了自由工作的机会。我们会让掐住了转不过气来。来，让我们打开窗子好叫天空自由的空气进来，好叫我们呼吸古英雄们的呼吸。

打破我执的偏见来认识精神的统一；打破国界的偏见来认识人道的统一。这是罗兰与他同理想者的教训。解脱怨毒的束缚来实现思想的自由；反抗时代的压迫来恢复性灵的尊严。这是罗兰与他同理想者的教训。人生原是与苦俱来的；我们来做人的名分不是咒诅人生因为它给我们苦痛，我们正应在苦痛中学习，修养，觉悟，在苦痛中发见我们内蕴的宝藏，在苦痛中领会人生的真际。英雄，罗兰最崇拜如密仡朗其罗与贝德花芬一类人道的英雄，不是别的，只是伟大的耐苦者。那些不朽的艺术家，谁不曾在苦痛中实现生命，实现艺术，实现宗教，实现一切的奥义？自己是个深感苦痛者，他推致他的同情给世上所有的受苦者；在他这受苦，这耐苦，是一种伟大，比事业的伟大更深沉的伟大。他要寻求的是地面上感悲哀感孤独的灵魂。

人生是艰难的。谁不甘愿承受庸俗，他这辈子就是不断的奋斗。并且这往往是苦痛的奋斗，没有光彩没有幸福，独自在孤单与沉默中挣扎。穷困压着你，家累累着你，无意味的沉闷的工作消耗你的精力，没有欢欣，没有希冀，没有同伴，你在这黑暗的道上甚至连一个在不幸中伸手给你的骨肉的机会都没有。

这受苦的概念便是罗兰人生哲学的起点，在这上面他求筑起一座强固的人道的寓所。因此在他有名的传记里他用力传述先贤的苦难生涯，使我们憬悟至少在我们的苦痛里，我们不是孤独的，在我们切己的苦痛里隐藏着人道的消息与线索。

不快活的朋友们，不要过分的自伤，因为最伟大的人们也曾分尝味你们的苦味。我们正应得跟着他们的努奋自勉。假如我们觉得软弱，让我们靠着他们喘息。他们有安慰给我们。从他们的精神里放射着精力与仁慈。即使我们不研究他们的作品，即使我们听不到他们的声音，单从他们面上的光彩，单从他们曾经生活过的事实里，我们应得感悟到生命最伟大，最生产——甚至最快乐——的时候是在受苦痛的时候。

我们不知道罗曼·罗兰先生想象中的新中国是怎样的；我们不知道为什

么他特别示意要听他的思想在新中国的回响。但如其他能知道新中国像我们自己知道它一样，他一定感觉与我们更密切的同情，更贴近的关系，也一定更急急的伸手给我们握着——因为你们知道，我也知道，什么是新中国只是新发见的深沉的悲哀与苦痛深深的盘伏在人生的底里！这也许是我个人新中国的解释；但如其有人拿一些时行的口号，什么打倒帝国主义等等，或是分裂与猜忌的现象，去报告罗兰先生说这是新中国，我再也不能预料他的感想了。

我已经没有时候与地位叙述罗兰的生平与著述；我只能匆匆的略说梗概。他是一个音乐的天才，在幼年音乐便是他的生命。他妈教他琴，在谐音的波动中他的童心便发见了不可言喻的快乐。莫察德与贝德花芬是他最早发见的英雄。所以在法国经受普鲁士战争爱国主义最高激的时候，这位年轻的圣人正在"敌人"的作品中尝味最高的艺术。他的自传里写着：

我们家里有好多旧的德国音乐书。德国？我懂得那个字的意义？在我们这一带我相信德国人从没有人见过的。我翻着那一堆旧书，爬在琴上拼出一个个的音符。这些流动的乐音，谐调的细流，灌溉着我的童心，像雨水漫入泥土似的淹了进去。莫察德与贝德花芬的快乐与苦痛，想望的幻梦，渐渐的变成了我的肉的肉，我的骨的骨。我是它们，它们是我。要没有它们我怎过得了我的日子？我小时生病危殆的时候，莫察德的一个调子就像爱人似的贴近我的枕衾看着我。长大的时候，每回逢着怀疑与懊丧，贝德花芬的音乐又在我的心里拨旺了永久生命的火星。每回我精神疲倦了，或是心上有不如意事，我就找我的琴去，在音乐中洗净我的烦愁。

要认识罗兰的不仅应得读他神光焕发的传记,还得读他十卷的 Jean Christophe,在这书里他描写他的音乐的经验。

他在学堂里结识了莎士比亚,发见了诗与戏剧的神奇。他的哲学的灵感,与歌德一样,是泛神主义的斯宾诺塞。他早年的朋友是近代法国三大诗人:克洛岱尔(Paul Claudel法国驻日大使),Ande Suares,与Charles Peguy(后来与他同办Cahiers de la Quinzaine)。槐格纳是压倒一时的天才,也是罗兰与他少年朋友们的英雄。但在他个人更重要的一个影响是托尔斯泰。他早就读他的著作,十分的爱慕他,后来他念了他的《艺术论》,那只俄国的老象——用一个偷来的比喻——走进了艺术的花园里去,左一脚踩倒了一盆花,那是莎士比亚,右一脚又踩倒了一盆花,那是贝德花芬,这时候少年的罗曼·罗兰走到了他的思想的歧路了。莎氏、贝氏、托氏,同是他的英雄,但托氏愤愤的申斥莎、贝一流的作者,说他们的艺术都是要不得,不相干的,不是真的人道的艺术——他早年的自己也是要不得不相干的。在罗兰一个热烈的寻求真理者,这来就好似青天里一个霹雳;他再也忍不住他的疑虑。他写了一封信给托尔斯泰,陈述他的冲突的心理。他那年二十二岁。过了几个星期罗兰差不多把那信忘都忘了,一天忽然接到一封邮件:三十八满页写的一封长信,伟大的托尔斯泰的亲笔给这不知名的法国少年的!"亲爱的兄弟,"那六十老人称呼他,"我接到你的第一封信,我深深的受感在心。我念你的信,泪水在我的眼里。"下面说他艺术的见解:我们投入人生的动机不应是为艺术的爱,而应是为人类的爱。只有经受这样灵感的人才可以希望在他的一生实现一些值得一做的事业。这还是他的老话,但少年的罗兰受深彻感动的地方是在这一时代的圣人竟然这样恳切的同情他,安慰他,指示他,一个无名的异邦人。他那时的感奋我们可以约略想象。因此罗兰这几十年来每逢少年人写信给他,他没有不亲笔作复,用一样慈爱诚挚的心对待他的后辈。这来受他的灵感的少年人更不知多少了。这是一件含奖励性的事实。我们从可以知道凡是一件不勉强的善事就比如春天的熏风，它一路来散布着生命的种子，唤醒活泼的世界。

但罗兰那时离着成名的日子还远，虽则他从幼年起只是不懈的努力。他还得经尝身世的失望（他的结婚是不幸的，近三十年来他几于是完全隐士的生涯，他现在瑞士的鲁山，听说与他妹子同居），种种精神的苦痛，才能实受他的劳力的报酬——他的天才的认识与接受。他写了十二部长篇剧本，三部最著名的传记（密仡朗其罗、贝德花芬、托尔斯泰），十大篇 *Jean Christophe*，算是这时代里最重要的作品的一部，还有他与他的朋友办了十五年灰色的杂志，但他的名字还是在晦塞的灰堆里掩着——直到他将近五十岁那年，这世界方才开始惊讶他的异彩。贝德花芬有几句话，我想可以一样适用到一生劳悴不怠的罗兰身上：

我没有朋友，我必得单独过活；但是我知道在我心灵的底里上帝是近着我，比别人更近。我走近他我心里不害怕，我一向认识他的。我从不着急我自己的音乐，那不是坏运所能颠扑的，谁要能懂得它，它就有力量使他解除磨折旁人的苦恼。

谒见哈代的一个下午

一

"如其你早几年。也许就是现在，到道骞司德的乡下，你或许碰得到《裘德》的作者，一个和善可亲的老者，穿着短裤便服，精神飒爽的，短短的脸面，短短的下颏，在街道上闲暇的走着，招呼着，答话着，你如其过去问他卫撒克士小说里的名胜，他就欣欣的从详指点讲解；回头他一扬手，已经跳上了他的自行车，按着车铃，向人丛里去了。我们读过他著作的，更可以想象这位貌不惊人的圣人，在卫撒克士广大的，起伏的草原上，在月光下，或在晨曦里，深思的徘徊着。天上的云点，草里的虫吟，远处隐约的人声都在他灵敏的神经里印下不磨的痕迹；或在残败的古堡里拂拭乳石上的苔青与网结；或在古罗马的旧道上，冥想数千年前铜盔铁甲的骑兵曾经在这日光下驻踪或在黄昏的苍茫里，独倚在枯老的大树下，听前面乡村里的青年男女，在笛声琴韵里，歌舞他们节会的欢欣；或在济慈或雪莱或史文庞的遗迹，悄悄的追怀他们艺术的神奇……在他的眼里，像在高蒂闲（Theuophile Gautier）的眼里，这看得见的世界是活着的；在他的'心眼'（The Inward Eye）里，像在他最服膺的华茨华士的心眼里，人类的情感与自然的景象是相联合的；在他的想象里，像在所有大艺术家的想象里，不仅伟大的史迹，就是眼前最琐小最暂忽的事实与印象，都有深奥的意义，平常人所忽略或竟不能窥测的。从他那六十年不断的心灵生活——观察、考量、揣度、印证——从他那六十年不懈不弛的真纯经验里，哈代，像春蚕吐丝制茧似的抽绎他最微妙最桀傲的音调，纺织他最缜密最经久的诗歌——这是他献给我们可珍的礼物。"

二

上文是我三年前慕而未见时半自想象半自他人传述写来的哈代。去年七月在英国时，承狄更生先生的介绍，我居然见到了这位老英雄，虽则会面不及一小时，在余小子已算是莫大的荣幸，不能不记下一些踪迹。我不讳我的"英雄崇拜"。山，我们爱踹高的；人，我们为什么不愿意接近大的？但接近大人物正如爬高山，往往是一件费劲的事；你不仅得有热心，你还得有耐心。半道上力乏是意中事，草间的刺也许拉破你的皮肤，但是你想一想登临危峰时的愉快！真怪，山是有高的，人是有不凡的！我见曼殊斐儿，比方说，只不过二十分钟模样的谈话，但我怎么能形容我那时在美的神奇的启示中的全生的震荡？

我与你虽仅一度相见——
但那二十分不死的时间

果然，要不是那一次巧合的相见，我这一辈子就永远见不着他——会面后不到六个月他就死了。自此我益发坚持我英雄崇拜的势利，在我有力量能爬的时候，总不教放过一个"登高"的机会。我去年到欧洲完全是一次"感情作用的旅行"；我去是为泰戈尔，顺便我想去多瞻仰几个英雄。我想见法国的罗曼·罗兰，意大利的丹农雪乌，英国的哈代。但我只见着了哈代。

在伦敦时对狄更生先生说起我的愿望,他说那容易,我给你写信介绍,老头精神真好,你小心他带了你到道骞斯德林子里去走路,他仿佛是没有力乏的时候似的!那天我从伦敦下去到道骞斯德,天气好极了,下午三点过到的。下了站我不坐车,问了 Max Gate 的方向,我就欣欣的走去。他家的外园门正对一片青碧的平壤,绿到天边,绿到门前;左侧远处有一带绵延的平林。进园径转过去就是哈代自建的住宅,小方方的壁上满爬着藤萝。有一个工人在园的一边剪草,我问他哈代先生在家不,他点一点头,用手指门。我拉了门铃,屋子里突然发一阵狗叫声,在这宁静中听得怪尖锐的,接着一个白纱抹头的年轻下女开门出来。

"哈代先生在家,"她答我的问,"但是你知道哈代先生是'永远'不见客的。"

我想糟了。"慢着,"我说,"这里有一封信,请你给递了进去。""那么请候一候,"她拿了信进去,又关上了门。

她再出来的时候脸上堆着最俊俏的笑容。"哈代先生愿意见你,先生,该进来。"多俊俏的口音!"你不怕狗吗,先生,"她又笑了。"我怕,"我说。"不要紧,我们的梅雪就叫,她可不咬,这儿生客来得少。"

我就怕狗的袭来!战兢兢的进了门,进了官厅,下女关门出去,狗还不曾出现,我才放心。壁上挂着沙琴德(John Sargent)的哈代画像,一边是一张雪莱的像,书架上记得有雪莱的大本集子,此外陈设是朴素的,屋子也低,暗沉沉的。

我正想着老头怎么会这样喜欢雪莱,两人的脾胃相差够多远,外面楼梯上一阵急促的脚步声和狗铃声下来,哈代推门进来了。我不知他身材实际多高,但我那时站着平望过去,最初几乎没有见他,我的印像是他是一个矮极了的小老头儿。我正要表示我一腔崇拜的热心,他一把拉了我坐下,口里连着说"坐坐",也不容我说话,仿佛我的"开篇"辞他早就有数,连着问我,他那急促的一顿顿的语调与干涩的苍老的口音,"你是伦敦来的?""狄更生是你的朋友?""他好?""你译我的诗?""你怎么翻的?""你们中国诗用韵不用?"前面那几句问话是用不着答的(狄更生信上说起我翻他的诗),所以他也不等我答话,直到末一句他才收住了。他坐着也是奇矮,也不知怎的,我自己只显得高,私下不由的跼蹐,似乎在这天神面前我们凡人就在身材上也不应分占先似的!(啊,你没见过萧伯纳——这比下来你是个蚂蚁!)这时候他斜着坐,一只手搁在台上头微微低着,眼往下看,头顶全秃了,两边脑角上还各有一鬃也不全花的头发;他的脸盘粗看像是一个尖角往下的等边形三角,两颧像是特别宽,从宽浓的眉尖直扫下来束住在一个短促的下巴尖;他的眼不大,但是深凹的,往下看的时候多,不易看出颜色与表情。最特别的,最"哈代的",是他那口连着两旁松松往下堕的夹腮皮。如其他的眉眼只是忧郁的深沉,他的口脑的表情分明是厌倦与消极。不,他的脸是怪,我从不曾见过这样耐人寻味的脸。他那上半部,秃的宽广的前额,着发的头角,你看了觉得好玩,正如一个孩子的头,使你感觉一种天真的趣味,但愈往下愈不好看,愈使你觉着难受,他那皱纹龟驳的脸皮正使你想起一块苍老的岩石,雷电的猛烈,风霜的侵凌,雨溜的剥蚀,苔藓的沾染,虫鸟的斑斓,什么时间与空间的变幻都在这上面遗留着痕迹!你知道他是不抵抗的,忍受的,但看他那下颊,谁说这不泄露他的怨毒,他的厌倦,他的报复性的沉默!他不露一点笑容,你不易相信他与我们一样也有嘻笑的本能。正如他的脊背是倾向伛偻,他面上的表情也只是一种不胜压迫的伛偻。喔哈代!

回讲我们的谈话。他问我们中国诗用韵不。我说我们从前只有韵的散文,没有无韵的诗,但最近……但他不要听最近,他赞成用韵,这道理是不错的。你投块石子到湖心里去,一圈圈的水纹漾了开去,韵是波纹。少不得。抒情诗(Lyric)是文学的精华的精华。颠不破的钻石,不论多小。磨不灭的光彩。我不重视我的小说。什么都没有做好的小诗难〔他背了莎"Tell me where is Fancy bred",朋琼生(Ben Jonson)的"Drink to me only with thine eyes"高兴的说。〕。我说我爱他的诗因它们不仅结构严密像建筑,同时有思想的血脉在流走,像有机的整体。我说了Organic这个字;他重复说了两遍:"Yes Organic, yes Organic: A poem ought to be a living thing",练习文字顶好学写诗;很多人从学诗写好散文,诗是文字的秘密。

他沉思了一晌。"三十年前有朋友约我到中国去。他是一个教士,我的朋友,叫莫尔德,他在中国住了五十年,他回英国来时每回说话先想起中文再翻英文的!他中国什么都知道,他请我去,太不便了,我没有去。但是你们的文字是怎么一回事?难极了不是?为什么你们不丢了它,改用英文或法文,不方便吗?"哈代这话骇住了我。一个最认识各种语言的天才的诗人要我们丢掉几千年的文字!我与他辩难了一晌,幸亏他也没有坚持。

说起我们共同的朋友。他又问起狄更生的近况,说他真是中国的朋友。我说我明天到康华尔去看罗素。谁?罗素?他没有加案语。我问起勃伦腾(Edmund Blunden),他说他从日本有信来,他是一个诗人。讲起麦雷(John M. Murry)他起劲了。"你认识麦雷?"他问。"他就住在这儿道骞斯德海边,他买了一所古怪的小屋子,正靠着海,怪极了的小屋子,什么时候那可以叫海给吞了去似的。他自己每天坐一部破车到镇上来买菜。他是有能干的。他会写。你也见过他从前的太太曼殊斐儿?他又娶了,你知道不?我说给你听麦雷的故事。曼殊斐儿死了,他悲伤得很,无聊极了,他办了他的报(我怕他的报维持不了),还是悲伤。好了,有一天有一个女的投稿几首诗,麦雷觉得有意思,写信叫她去看他,她去看他,一个年轻的女子,两人说投机了,就结了婚,现在大概他不悲伤了。"

他问我那晚到那里去。我说到Exeter看教堂去,他说好的,他就讲建筑,他的本行。我问你小说里常有建筑师,有没有你自己的影子?他说没有。这时候梅雪出去了又回来,咻咻的爬在我的身上乱抓。哈代见我有些窘,就站起来呼开梅雪,同时说我们到园里去走走吧,我知道这是送客的意思。我们一起走出门绕到屋子的左侧去看花,梅雪摇着尾巴咻咻的跟着。我说哈代先生,我远道来你可否给我一点小纪念品。他回头见我手里有照相机,他赶紧他的步子急急的说,我不爱照相,有一次美国人来给了我很多的麻烦,我从此不叫来客照相,——我也不给我的笔迹(Autograph),你知道?他脚步更快了,微偻着背,腿微向外弯一摆一摆的走着,仿佛怕来客要强抢他什么东西似的!"到这儿来,这儿有花,我来采两朵花给你做纪念,好不好?"他俯身下去到花坛里去采了一朵红的一朵白的递给我:"你暂时插在衣襟上吧,你现在赶六点钟车刚好,恕我不陪你了,再会,再会——来,来,梅雪:梅雪……"老头扬了扬手,径自进门去了。

峕刻的老头,茶也不请客人喝一盅!但谁还不满足,得着了这样难得的机会?往古的达文骞、莎士比亚、歌德、拜伦,是不回来了的;——哈代!多远多高的一个名字!方才那头秃秃的背弯弯的腿屈屈的,是哈代吗?太奇怪了!那晚有月亮,离开哈代家五个钟头以后,我站在哀克刹脱教堂的门前玩弄自身的影子,心里充满着神奇。

一个行乞的诗人

一

萧伯讷先生在一九〇五年收到从邮局寄来的一本诗集,封面上印着作者的名字,他的住址,和两先令六的价格。附来作者的一纸短简,说他如愿留那本书,请寄他两先令六,否则请他退回原书。在那些日子萧先生那里常有书坊和未成名的作者寄给他请求批评的书本,所以他接到这类东西是不以为奇的。

这一次他却发见了一些新鲜,第一那本书分明是作者自己印行的,第二他那住址是伦敦西南隅一所硕果仅存的"佃屋",第三附来的短简的笔致是异常的秀逸而且他那办法也是别致。但更使萧先生奇怪的是他一着眼就在这集子小诗里发见了一个真纯的诗人,他那思想的清新正如他音调的轻灵。萧先生决意帮助这位无名的英雄。他做的第一件好事是又向他多买了八本,这在经济上使那位诗人立时感到稀有的舒畅,第二是他又替他介绍给当时的几个批评家。果然在短时期内各种日报和期刊上都注意到了这位流浪的诗人,他的一生的概况也披露了,他的肖影也登出了——他的地位顿时由破旧的佃屋转移到英国文坛的中心!他的名字是惠廉苔微士,他的伙伴叫他惠儿苔微士(Will Davies)。

二

苔微士沿门托卖的那本诗集确是他自己出钱印的。他的钱也不是容易来的。十九镑钱印得二百五十册书。这笔印书费是做押款借来的。苔微士先生不是没有产业的人,他的进款是每星期十个先令(合华银五元),他自从成了残废以来就靠此生活。

他的计划是在十先令的收入内规定六先令的生活费,另提两先令存储备作印书费,余多的两先令是专为周济他的穷朋友的。

他的住宿费是每星期三先令六(在更俭的时候是二先令四,在最俭的时候是不花一个大子儿,因为他在夏季暖和时就老实借光上帝的地面,在凉爽的树林里或是宽大的屋檐下寄托他的诗身!)但要从每星期两先令积成二三十镑的钜款当然不是易事,所以苔微士先生在最后一次的发狠决意牺牲他整半年的进款积成一个整数,自己跷了一条木腿,带了一本约书,不怎样乐观却也不绝望的投向荡荡的"王道"去。这是他一生最后一次,也是最辛苦的一次流浪,他自己说:——

再下去是一回奇怪的经验,无叮名称的一种经验,因为我居然还能过活,虽则既没有勇气讨饭,又不甘心做小贩。有时我急得真想做贼;但是我没有得到可偷的机会,我依然平安的走着我的路。在我最感疲乏和饿慌的日寸候——我的实在的状况益发的黑暗,对于将来的想望益发的光鲜,正如明星的照亮衬出黑夜的深荫。

我是单身赶路的,虽则别的流氓们好意的约我做他们的旅伴,我愿意孤单因为我不许生人的声音来扰我的清梦。有好多人以为我是疯子,因为他们问起我当天所经过的市镇与乡村我都不能回答。他们问我那村子卫的"穷人院"是怎样的情形,我却一点也不知道,因为我没有进去过。他们要知道最好的寓处,这我又是茫然的,因为我是寄宿在露天的。他们问我这天我是从哪一边来的,这我一时也答不上;他们再问我到哪里去,这我又是不知道的。这次经验最奇怪的一点是我虽则从不看人家一眼,或是开一声口问他们乞讨,我还是一样的受到他们的帮助。每回我要一口冷水。给我的却不是茶就是奶,吃的东西也总是跟着到手。我不由的把这一部生活认作短期的牺牲,消磨去一些无价值的日制司为要换得后来千万个更舒服的;我祝颂每一个清朝,它开始一个新的日子,我也拜祷每一个安息日晚上,因为它结束了又一个星期。

这不使我们想起旧时朝山的僧人,他们那皈依的虔心使他们完全遗忘体肤的舒适?苔微士先生发见流浪生活最难堪的时候是在无荫蔽的旷野里遇雨,上帝保佑他们,因为流浪人的行装是没有替换的。有一天他在台风的乡间捡了一些麦柴,起造了一所精致的,风侵不进,露淋不着的临时公馆,自幸可以暖暖的过一夜,却不料——天下雨了。在半小时内大块的雨水漏了屋顶,不到一小时这些雨点已经变成了洪流。又只能耐心耽着,在这大黑夜如何能寻到更安全的荫蔽。这雨直下了十个钟头。我简直连皮张都浸透了,比没身在水里干不了多少——不是平常我们叫几阵急雨给淋潮了的时候说的,"浸透了皮"。我一点也不沮丧,把这事情只看作我应分经受的苦难的一件。到了第二天早上我在露天选了一个行人走不到的地点,躺了下来,一边安息,一边让又热又强的阳光收干我的潮湿。有两三次我这样的遭难,但在事后我完全不觉得什么难受。

头三个月是这样过的,白天在路上跑,晚上在露天寄宿,但不幸暖和的夏季是有尽期的,从十月到年底这三个月是不能没有荫蔽的。一席地也得要钱,即使是几枚铜子,苔微士先生再不能这样清高的流浪他的时日。但高傲他还是的,本来一个残废的人,求人家帮助是无须开口的,他只要在通衢上坐着，伸着一只手，钱就会来。再不然你就站在巡警先生不常到的街上唱几节圣诗，滚圆的铜子就会从住家的窗口蝴蝶似的向着你扑来。但我们的诗人不能这样折辱他的身份，他宁可忍冻，宁可挨饿，不能拉下了脸子来当职业的叫化。虽则在他最窘的日子，他也只能手拿着几副鞋带上街去碰他的机会，但他没有一个时候肯容自己应用乞丐们无耻的惯伎。

这样的日子他挨过了两个月，大都在伦敦的近郊，最后为要整理他的诗稿他又回到他的故居，亏了旧时一个难友借给他一镑钱，至少寄宿的费用有了着落。他的诗集是三月初印得的，但第一批三十本请求介绍的送本只带回了两处小报上冷淡的案语。日子飞快的过去，同时他借来的一点钱又快完了，这一失望他几乎把辛苦印来的本子一起给毁了！最后他发明了寄书求售的法子，拼着十本里卖出一两本就可以免得几天的冻饿，这才蒙着了萧先生的同情，在简短的时日内结束了他的流浪的生涯。

三

但这还只是苔微士先生多曲折的生活史里最后的一个顿挫，最逼近飞升的一个盘旋。在他从家乡初到伦敦的时候，他虽则身体是残废，他对于自己文学的前途不是没有希望。他第一次寄稿给书铺，满想编辑先生无意中发见了天才竟许第二天早上就会赶来求见他，或是至少，爽快的接受他的稿件，回信问他要预支多少版税。他的初作是一篇诗剧，题目叫《强盗》。

邮差带回来的还是他的原稿，除了标题，竟许一行都不曾邀览！

他试了又试，结果还是一样，只是白花了邮资，污损了稿本。

他不久就发见了缘故。他的寓址是乞丐收容所的变相，他的题目又不幸是《强盗》，难怪深于世故的书店主人没有敢结交他做朋友！但是他还是尝试。他又脱稿子一首长诗，在这诗里他荟集了山林的走兽，空中的飞禽，甚至海底的鱼虾，在一处青林里共同咒骂人类的残忍，商量要秘密革命，趁黑夜到邻近的一个村庄里去谋害睡梦中的居民！这回他聪明了另换了不露形迹的地址，同时寄出了两个副本，打算至少一处总有希望。一星期过去没有消息，我们的作者急了，不为别的，怕是两处同时要定了他的非常的作品。再等了几天一份稿件回来了，不用，那一份跟着也回来了，一样的不用。苔微士先生想这一定是长诗不容易销，短诗一定有希望，他一坐下来又产生了几百首的短诗，但结果还是一样的为难，承印是有人了，但印费得作者自己担负。一个靠铜子过活的如何能拿得出几十个金镑？但为什么不试试知名的慈善家？他试了。当然是无结果。他又有了主意，何妨先印两千份一两页的"样诗"，买三个辨士一份，自己上街兜卖去，卖完了不就是六千个辨士，合五百个先令，整整二十五个金镑，恰巧印书的费用！但这也得印费，要三十五先令，他本有一些积蓄，再熬了几星期的饿，这一笔款子果然给凑成了。二千份样诗印了来，明天起一个大早，满心的高兴和希望，苔微士先生抱了一大卷上街零售去了。他见了人就拉生意，反复的说明他想印书的苦衷，请求三辨士的帮助。他走了三十家，说干了嘴，没有人明白他是什么意思，也没有人理会他，一本也卖不掉！难得有一半个人想做好事，但三辨士换一张纸，似乎太不值得了。诗，什么是诗？诗是干什么的？你再会说话他们还是不明白。最后他问到了一所较大的屋子，一个女佣出来应门。他照例说明他的来意，那位姑娘瞪大了眼望着他。"玛丽，谁在那里？"女主人在楼梯上面问。她回说有人来卖字纸的。"给他这个铜子，叫他去吧，"一个铜子从楼梯上滚了下来。苔微士先生到手了一个铜子，但他还是央着玛丽拿这张纸给她主人看。竟许她是有眼光的，竟许她赏识我，竟许她愿意出钱替我印书，谁知道！但是楼梯上的声音更来得响亮而且凶狠了："玛丽，不许拿他什么东西，你听见了没有？"

在几秒钟内苔微士先生站在已经关紧的门外，掌心里托着一个孤独的辨士！得，饿了肚子跑酸了腿说干了嘴才到手了一个铜子，这该几十年才募得成二十五个金镑？何况回去时实在跑不动了还得花三辨士坐电车！苔微士先生一发狠把二千份的样诗一口气给毁了，一页也没有存。

四

为了这一次试验的损失，苔微士先生为格外节省起见，迁居到一个救世军的收容机关。他还是不死心，还是想印行他的诗集。这回的灵感是打算请得一张小贩的执照，下乡做买卖去。

这样生活有了着落，原来每星期的进款不是可以从容积聚起来了吗？况且贩卖鞋带、针簪、钮扣还难说有可观的盈余。这样要不了半年工夫就可以有办法。苔微士先生的眼前着实放了一些光亮。但要实行这计划也不是没有事前的困难。第一他身上这条假腿，花他十几镑钱安上的，经了两三年的服务早已快裂了，他哪有钱去另买一条腿？好容易他探得了一处公立的机关，可以去白要一只"锥脚"。但这也有手续。你得有十五封会员的荐信。苔微士先生这回又忙着买邮花发信了。在六星期内他先后发了一百多封信（这是说花了他一百多分邮花外加信纸费），但一半因为正当夏天出门的人多他得到的回信还是不够数。在这个时候一个慈善机关忽然派人来知照他说有人愿意帮他的忙，他当然如同奉到圣旨似的赶了去，但结果，经过无数的手续，无数的废话，受了无数的闷气，苔微士先生还是苔微士先生！不消说那慈善机关的贵执事们报告给那位有心做好事的施主，说他是一个不值得帮助的无赖！如此过了好些时日才凑齐了必需的荐信，锥脚是到手了，但麻烦还是没有完。

因为先前荐信只嫌不够，现在来得又太多了，出门人回了家都有了回信，苔微士先生又忙着退信道谢，又白花了他不少的邮花！

锥脚上了身，又进齐了货，针、骨簪、鞋带、钮扣，我们的诗人又开始了一种新生活。但他初下乡的时候因为口袋里还剩几个先令，他就不急急于做生意，倒是从容的玩赏初夏的风景：

第一晚到了圣亚尔明斯。我在镇上走了一转，就在野地里拿我那货包当枕头仰天躺下了。那晚的天上仿佛多出了不少星，拥护着庆祝着一美丽的亮月的成午。肢体虽则是倦了的，但为贪着这夜景又过了三两小时才睡。我想在这夏季里只要有足够的钱在经过的乡村里买东西吃，这还不是一种光荣的生活？如此三四天我懒散着走着路，站在沟渠上面看那水从黑暗冲决到光明；听野马的歌唱；或是眺望远处够高的一个尖顶，别的不见，指点着在千树林中隐伏着的一个僻静的乡村。

但等得他花完了带着的钱，打开货包来正想起手做生意，苔微士先生发见那包货，因为每晚用做枕头，不但受饱了潮湿，并且针头也钻破了包衣发了锈，鞋带有疲有疲的，全失了样，都是不能卖的了！他只能听天由命。他正快饿瘪的时候在路边遇见了一个穷途的同志，他，一个身高血旺的健全汉子，问得了他的窘况，安慰他说只要跟他一路走不愁没有饭吃。这位先生是有本事的。喝饱了啤酒，啃饱了面包，先到了一条长街的尾梢，他立定了脚步，对苔微士先生说："看着，我就在这儿工作了。你只要跟在我后背捡地上的钱，钱自会来的。""你只管捡铜子好了，只要小心不要给铜子捡了去！"他意思是只要小心巡警。这是他的法术：偻了背，摇着腿，嘎着嗓子，张着大口唱。唱完了果然街两边的人家都掷铜子给他们，但那位先生刚住口就伸直了身子向后跑，诗人也只得跟了跑，——果然那转角上晃过了一位高大的"铜子"来！

在这一路上苔微士先生学得了不少的职业的秘密，但他流浪到了终期重返回到伦敦的时候，他出发时的计划还是没有实现，三个月产息的积蓄只够他短时期的安息，出书的梦想依旧是在虚无缥缈间。穷困的黑影还是紧紧的罩住他，凭他试哪一个方向，他的道是没有一条通达的。但在这穷困的道上，他虽则捡不到黄金，他却发见了不少人道的智慧，那不是黄金所能买，也不是仅有黄金的人们所能希冀。这里是他的观察：

家当全带在身上的人的最大的对头，是雨。日光有的时候他也不怎样在意，但在太阳西沉后他要是叫雨给带住了，他是应受哀怜的。他不是害怕受了潮湿在身体上发生什么病痛，如同他的有福分的同胞，但是他不喜欢那寒颤的味道，又是没有地方去取暖。这种尴尬的感觉逢空肚子更是加倍的难受。本来他御寒的唯一保卫就只是一个饱肚，只要肠胃不空他也不怎样介意风雨在他体肤上的侵袭。海上人看天边有否黑点，天文家看天上有否新光，这无家的苦人比他们更急于看天上有否雨兆。为躲避未来的泛滥他托荫于公共图书馆，那是唯一现成公开的去处；在这里空坐着呆对着一页书，一个字也没有念着，本来他那有心想来念。如其他一时占不到一空座，他就站在一张报纸的跟前施展那几乎不可能的站直了睡着的本领，因为只有如此才可以骗过馆里的人员以及别的体面人们，他们正等着想看那一张报纸。要能学到这一手先得经过多次不成功的尝试，呼吸疏了神，脑袋晃摇，或是身体向着报柜磕碰，都是可能的破绽；但等得工夫一到家，他就会站直在那里睡着，外表都明明是专心在看一段最有趣味的新闻。……往往他们没有得衣服换，因此时常可以见到两个人同时靠近在一个火的跟前，一个人烤着他的湿袜子。还有那个烤着他那僵干的面包……就在这下雨天我们看到只有在极穷的人们中间看得到的细小的恩情；一个自己只有一些的帮助那赤无所有的同胞。一个人在市街上攒到了十八个铜子回去，付了四个子的床费，买过了吃，不仅替另一个人付床钱，他还得另请一个人来分吃他的东西，结果把余下的一个铜子又照顾了一个人。一个人上天生意做得不错，就慷慨的这里给那里给直到他自己不留一个大子儿。这样下来虽则你在早上只见些呆钝与着急的脸，但到中午你可以看到大半数的寓客已经忙着弄东西吃，他们的床位也已经有了着落。种种的烦恼告了结束，他们有的吹，有的哼，也行彼此打趣常开着口笑的。

这些细小的恩情是人道的连锁，它们使得一个人在极颓丧时感到安慰，在完全黑暗的中心不感到怕惧。但我们的诗人还是扪索不着他成名的运道。如其他在早上发见一丝的希望，要不了天黑他就知道这无非又是一个不可充饥的画饼。他打听着了一个成名的文学家，比方说，他那奖掖后进的热心是有多人称道的，他当然不放过这机会，恭敬的备了信，把文稿送了去请求一看，但他得到唯一的回音是那位先生其实是太忙，没有余闲拜读他的大作，结果还是原封退回！这类泡影似的希冀连着来刻薄一个时运未济的天才。但苔微士先生是不知道绝望的。他依旧耐心的，不怨尤的守候着他的日子。

五

上面说的是他想在文学界里占一席地的经过的一个概况，现在我们还得要知道苔微士先生怎样从健全变成残废，他回到英国以前的生活。因为要不为那次的意外他或许到如今都还不肯放弃他那逍遥的流浪生涯，依旧在密西西比或是落矶山的一带的地域款留他的踪迹。非到了这一边走到了尽头，他才回头来尝试那一边的门径。他不是一个走半路的人。

他是生长在英国威尔斯的，他的母亲在他父亲死后就另嫁了人，他和他的两个弟妹都是他祖父母看养大的。他的家庭，除了他的祖父母，一个妹子，一个痴呆的弟弟，还有"一个女佣人、一狗、一猫、一鹦鹉、一斑鸠、一芙蓉雀"。他从小就是大力士，他的亲属十分期望他训练成一个职业的"打手"。所以每回他从学校里回来带着"一个出血的鼻子或是一只乌青的眼睛"，他一家子就显出极大的高兴，起劲的指点他下回怎样报复他敌手的秘诀。在打架以外他又在学校里学到了一种非凡的本领——他和他的几个同学结合了一个有组织有计划的"扒儿手团"。他们专扒各式的店铺，最注意的当然是糖果铺。

这勾当他们极顺利的实行了半年，但等得我们的小诗人和他的党羽叫巡警先生一把抓住颈根的日子，他挨了十二下重实的肉刑，他的祖父损失了十来镑的罚金。在他将近成年的时候他的二老先后死了，遗剩给他的有每星期十先令息金的产业。

他已然做过厂工，学习过装制画框，但他不羁的天性再不容他局促在乡里间，新大陆，那黄金铺地的亚美利加，是他那时决定去施展身手的去处。到了美国，第一个朋友他交着的，是一个流浪的专家，从加拿大的北省到墨西哥的南部，从赫贞河流域到太平洋沿海，都是他遨游无碍的版图。第一个本领他学到的，是怎样白坐火车：最舒服是有空车坐，货车或牲口车也将就，最冒险是坐车轨头前面的挡梗，车底有并行的铁条，在急的时候也可以蜷着坐，但最优游是坐车的顶篷，这不但危险比较的少，而且管车人很少敢上来干涉他们。跳车也不是容易，但为要逃命三十哩的速度有时都得拚着跳。过夜是不成问题的，美国多的是菁密的森林，在这里面生起一个火还不是天生的旅舍？有时在道上发见空屋子，他们就爬窗进去占领（他们不止一次占到的是出名的鬼屋！）。

"做了三年叫化子,连皇帝都不要做了。"但如其我们的乞儿要过三年才能认清此中的滋味,苔微士先生一到美国就很聪明的选定了这绝对无职业的职业。在那时的美国饿死是几乎不可能的事,因为谁家没有富余的面包与牛乳,谁人不乐意帮助流浪的穷人?只要你开口,你就有饭吃,就有衣穿。不比在英国,为要一碗热汤吃,你先得鹄立多少时候才拿得到一张汤券,还得鹄立多少时候才能拿那券换得一碗汤。那些汤是"用不着调匙的,吃过了也没有剔牙的愉快;就是这清清的一汪,没有一颗青豆、一瓣葱、或是一粒萝卜的影子;什么都没有,除了苍蝇"。他们叫化可纪录的一次是在鲍尔铁穆,那边的居民是心好的多,正如那边的女人是美的多。只要你"站定在大街上饱餐过往的秀色,你就相信上帝是从不曾亏待你的"。他们是三个人合作的,我们的诗人当然经验最浅。他的职司是拿着一个口袋在街角上等候运道,他的两个同志分头向街两边的人家"工作"去。他们不但是有求必应,而且连着吃了三家的晚饭;在不到一个钟头,不但苔微士先生提着的口袋已经装得泼满,就连他们身上特别博大的衣袋也都不留一些余地。这次讨饭的经验,我们的诗人说,是"不容易忘记的"。因为他们回得家清理盈余的时候,他们又惊又喜的发见不仅他们想要的东西应有尽有,而且给下来的没有一个纸包是仅仅放着面包与牛油。"煎熟的蛤蜊、火鸡、童子鸡、牛排、羊腿、火肉与香肠;爱尔兰白薯、甜山薯与香芋艿;黑面包、白面包;油煎薄饼,各种的果糕,各式花样的蛋糕;香蕉、苹果、葡萄与橙子;外加一大堆的干果与一整袋的糖果"——这是他们讨得的六十几包的内容简单的清单。只有三家没有给的,但另有两家吩咐他们再去。

到了夏天他们当然去"长岛"的海滨去消夏。太阳光,凉风,柔软而和暖的海水,是不要钱也不须他们的募化。他们不是在软浪里拍浮,就在青荫下倦卧,要不然就踞坐在磐石上看潮。但如其他们的消夏计划是可羡慕,他们的消寒办法更显得独出心裁。美国北省的冬天是奇冷的,在小镇上又没有像在英国乡里似的现成的贫人院可以栖息或是小客寓里出四五个铜子可以买一席地。但如其这里没有别的公开寓所,这里的牢狱是现成的。在牢中的犯人不但有好饭吃而且有火可以取暖,并且除非你犯的是谋杀等罪,你有的是行动的自由,在"公共室"里你可以唱歌,可以谈天,可以打哈哈,可以打纸牌。苔微士先生的同志们都知道这些机关,他们只要想法子进牢狱去,这一冬天就不必担心衣食住的问题了。但监牢怎么进法?当然你得犯罪。但犯罪也有步骤,你得事前有接洽。你到了一个车站,你先得找到那地方的法警,他只要一见就明白你的来意,他是永远欢迎你的。你可以跟他讲价,先问他要一饼的板烟,再要几毛钱的酒资。你对他说你要多少日子,一个月或是两个月,这就算定规了。回头你只要到他那指定的酒店去喝酒玩儿,到了将近更深的时候乘着酒兴上街去唱几声或是什么,声音自然要放高一些,法警先生就会从黑暗里走过来,一把带住了你,就说"喂,伙计,怎么了?在夜深时闹街是扰乱平安,犯警章第几百几十条,你现在是犯人了。"到了法官那里,你见那法警先生在他的耳边嘱咐了几句话,他就正颜的通知你说你确然是犯了罪,他现在判决你处七元或十五元的罚金,罚不出的话,就得到监牢里去住一个月或两个月(如你事前和法警先生商定的)。从这晚上起你什么都有了,等到满期出来你还觉得要休养的话,你只须再跑几里路到另一个市镇里再"犯一次罪"。你犯了罪不但自己舒服,就连看守监狱的,法警先生,乃至堂上的法官,都一致感谢你的好意;因为看监牢的多一个犯人就多开一支报销,法警先生捉到一名犯人照例有一元钱的奖金,法官先生判决一件犯罪也照例另得两元钱的报酬。

谁都是便宜的,除了出租税的市民们,所有的公众机关都是他们维持的。但这类腐败而有幽默的情形,虽则在那时是极普通,运命是当然不久长的。

但苔微士先生有时也中止他的泊浮的生涯,有机会时也常常歇下来做几天或是几星期短期的工。乡里收获的时候,果子成熟的时候,或是某处有巨大的建筑工程的时候,我们的诗人就跟着其他流氓的同志投身工作去。工作满了期,口袋里盛满了钱,他们就去喝酒,非得喝瘪了才完事。他最后一次的职业是"牲口人",从美国护送牛羊到英国去。他在大西洋上往还不止一次,在这里他学得了不少航海的经验与牲畜受虐待的惨象,这些在他的诗里都留有不磨的印象。

在这五年内,危险是常有的,困难经过不少,但他的精神是永远活泼而愉快的。在贼徒与流丐们的中间他虚心的承受他的教育。在光明的田野间,在馥郁的森林中,在多风的河岸上,在纷拏的酒屋里,他诗魂不踌躇的吸收它的健康的营养。他偶尔唯一的抱憾是他的生活太丰满,他的诗思太显屯积,但他没有余闲坐定下来从容的抒写。他最苦恼的一次是他在奥林斯得了一次热病。

我不知道为什么我不上火车,却反而向着乡里走去,这使我十分的后悔。因为我没有力气走了,路旁有一大块的草沼,我就爬进去,在那里整整躺了二天三夜,再也支援不起来走路。

这一带常见饿慌的野豕,有时离我近极了,但它们见我身体转动就呦吼着跑了开去。有几十只饿鹰栖息在我头顶的树枝上,我也知道这草地里多的是毒蛇。我口渴得苦极了,就喝那草沼的小潭里的死水,那是微菌的渊薮,它的颜色是天上的彩虹,这样的水往往一口就可以毒死人的。我发冷的时候,我爬到火热的阳光里去,躺着寒战;冷过了热上了身。我又蜒回到树荫下去。四天工夫一口没有得吃,到这里以前的几天也没有吃多少。我望得见火车在轨道上来去,但我没有力气喊。很多车放回声,我知道它们在离我不到一哩路停下来装水或是上煤。明知在这恶毒的草沼里耽下去一定是死，我就想尽了法子爬到那路轨上，到了邻近一个车站，那里车子停的多。距离不满一哩路，但我费了两个多钟头才到。

他自以为是必死了，但他在医院里遇到一个同乡的大夫用心把他治好了。这样他在他理想中黄金铺地的新世界飘泊了五年，他来时身上带着十多镑钱，五年后回家时居然还掏得出三先令零几个辨士。但他还不死心于他的黄金梦，他第二次又渡过大西洋，这回到加拿大去试他的运道。正好，他的命运在那里等候着他。他到加拿大当然照例还是白坐火车，但这一次他的车价可付大了！他跳车跳失了腿，车走得太快，他踹了一个空，手还拉住车，给拖了一程，到地时他知道不对了，他的右脚给拉断了。经过了两次手术，锯了一条腿，在死的边沿停逗了好多天，苔微士先生虽则没有死，却从此变成了残废。他这才回还英国，放弃了他的黄金梦，开始他那寻求文学机缘的努力。

六

这是苔微士先生从穷到通的一个概状。他的自传 *The Autobiography of a Super Tramp* 不是一本忏悔录，因为他没有什么忏悔的。他是一个急性的人，所以想到怎么做就怎么做，谨慎的美德不是他的。在现代生活一致平凡而又枯索的日子念苔微士先生自传的一路书，我们感觉到不少"替代的"快乐，但单是为那个我们正不少千百本离奇的侦探案与耸动的探险谈。

分别是在苔微士先生的不仅是身亲的经验，而且他写的虽则是非常的事实，他的写法却只是通体的简净，没有铺张，没有雕琢，完全没有矜夸的存心。最令我们发生感动的尤其是这一点：他写的虽多是下流的生活,黑暗、肮脏、苦恼的世界,乞儿与贼徒的世界,我们却只觉得作者态度的尊严与精神的健全。他的困穷与流离是自求的,我们只见他到处发见"人道的乳酪",融融的在苦恼的人间交流着。任凭他走到了绝望的边沿,在逼近真的(不是想象的)饿死与病死的俄顷,他的心胸只是坦然。他不怨人,亦不自艾,他从不咒诅他所处的社会,不嫉忌别人的福利,不自夸他独具的天才,不自伤他遭遇的屯邅,不怨恨他命运的不仁,——他是一个安命的君子。他跌断了一只腿,永远成了残废,但他还只是随手的写来,萧伯讷先生说他写他自己的意外正如一只龙虾失了一根须或是一只蜥蜴落了他的尾过了阵子就会重长似的。不,他再不浪费笔墨来描写他自己的痛苦,在他住院时他最注意最萦念的是那边本地人对待一个不幸的流浪人的异常的恩情。

有了苔微士先生那样的心胸,才有苔微士先生那样的诗。

他的诗是——但我们得等另一个机会来谈他的诗了。

四
诗歌精选

雪 花 的 快 乐

假如我是一朵雪花,
翩翩的在半空里潇洒,
我一定认清我的方向——
飞扬,飞扬,飞扬,——
这地面上有我的方向。
不去那冷寞的幽谷,
不去那凄清的山麓,
也不上荒街去惆怅——
飞扬,飞扬,飞扬,——
你看,我有我的方向!
在半空里娟娟的飞舞,
认明了那清幽的住处,
等著她来花园里探望——
飞扬,飞扬,飞扬,——
啊,她身上有朱砂梅的清香!
那时我凭藉我的身轻,
盈盈的,沾住了她的衣襟,
贴近她柔波似的心胸——
消溶,消溶,消溶——
溶入了她柔波似的心胸!

沙 扬 娜 拉 一 首

赠日本女郎

最是那一低头的温柔,
像一朵水莲花不胜凉风的娇羞,
道一声珍重,道一声珍重,
那一声珍重里有蜜甜的忧愁——
沙扬娜拉!

这是一个懦怯的世界

这是一个懦怯的世界：

容不得恋爱，容不得恋爱！

披散你的满头发，

赤露你的一双脚；

跟着我来，我的恋爱，

抛弃这个世界

殉我们的恋爱！

我拉着你的手，

爱，你跟着我走；

听凭荆棘把我们的脚心刺透，

听凭冰雹劈破我们的头，

你跟着我走，

我拉着你的手，

逃出了牢笼，恢复我们的自由！

跟着我来，

我的恋爱！

人间已经掉落在我们的后背，——

看呀，这不是白茫茫的大海？

白茫茫的大海,
白茫茫的大海,
无边的自由,我与你与恋爱!
顺着我的指头看,
那天边一小星的蓝——
那是一座岛,岛上有青草,
鲜花,美丽的走兽与飞鸟;
快上这轻快的小艇,
去到那理想的天庭——
恋爱,欢欣,自由——
辞别了人间,永远!

为要寻一个明星

我骑着一匹拐腿的瞎马,
向着黑夜里加鞭;——
向着黑夜里加鞭,
我跨着一匹拐腿的瞎马!
我冲入这黑绵绵的昏夜,
为要寻一颗明星;——
为要寻一颗明星,
我冲入这黑茫茫的荒野。
累坏了,累坏了我胯下的牲口,
那明星还不出现;——
那明星还不出现,
累坏了,累坏了马鞍上的身手。
这回天上透出了水晶似的光明,
荒野里倒着一只牲口,
黑夜里躺着一具尸首。——
这回天上透出了水晶似的光明!

去 吧

去吧，人间，去吧！
我独立在高山的峰上；
去吧，人间，去吧！
我面对着无极的穹苍。
去吧，青年，去吧！
与幽谷的香草同埋；
去吧，青年，去吧！
悲哀付与暮天的群鸦。
去吧，梦乡，去吧！
我把幻景的玉杯摔破；
去吧，梦乡，去吧！
我笑受山风与海涛之贺。
去吧，种种，去吧！
当前有插天的高峰；
去吧，一切，去吧！
当前有无穷的无穷！

我 有 一 个 恋 爱

我有一个恋爱：——
我爱天上的明星；
我爱它们的晶莹：
人间没有这异样的神明。
在冷峭的幕冬的黄昏，
在寂寞的灰色的清晨。
在海上，在风雨后的山顶——
永远有一颗，万颗的明星！
山涧边小草花的知心。
高楼上小孩童的欢欣，
旅行人的灯亮与南针：——
万万里外闪烁的精灵！
我有一个破碎的魂灵，
像一堆破碎的水晶，
散布在荒野的枯草里——
饱啜你一瞬瞬的殷勤。
人生的冰激与柔情，
我也曾尝味，我也曾容忍；
有时阶砌下蟋蟀的秋吟，

引起我的心伤，逼迫我泪零。
我袒露我的坦白的胸襟，
献爱与一天的明星；
任凭人生是幻是真，
地球存在或是消泯——
大空中永远有不昧的明星！

我 等 候 你

我等候你。
我望着户外的昏黄,
如同望着将来,
我的心震盲了我的听。
你怎么还不来?希望
在每一分钟上允许开花。
我守候着你的步履,
你的笑语,你的脸,
你的柔软的发丝,
守候着你的一切,
希望在每一分钟上
枯死。——你在哪里?
我要你,要得我心里生痛,
我要你火焰似的笑,
要你灵活的腰身,
要你发上眼角的飞星,
我陷落在迷醉的氛围中,
像一座岛,
在莽绿的海涛间,不自主的在浮沉……

喔，我迫切的想望
你的来临，想望
那一朵神奇的优昙，
开上时间的顶尖
你为什么不来，忍心的？
你明知道，我知道你知道
你这不来于我是致命的一击，
打死我生命中午放的阳春，
教坚实如矿里的铁的黑暗
压迫我的思想与呼吸，
把我，囚犯似的，交付给
妒与愁苦，生的羞惭
与绝望的惨酷。
这也许是痴。竟许是痴。
我信我却然是痴，但我不能转拨一
支已然定向的舵，
万方的风息，都不容许我忧郁
我不能回头，
命运驱策着我！
我也知道这多半是走向
毁灭的路；但
为了你，为了你
我什么都甘愿；
这不仅是我的热情，
我的仅有的理性亦如此说。
痴！想磔碎一个生命的纤微

为了感动一个女人的心!
想博得的,能博得的,至多是
她的一滴泪
她的一阵心酸,
竟许一半声漠然的冷笑;
但我也甘愿,即使
我粉身的消息传到
她的心里如同传到
一块顽石,她把我看作
一只地穴里的鼠,一条虫
我还是甘愿!
痴到了真,是无条件的,
上帝他也无法调回一个
痴定了心如同一个将军
有时调回已上死线的士兵。

枉然,一切都是枉然,
你的不来是不容否认的存在,
否则我心中烧着拨旺的火,
饥渴者你的一切,
你的发,你的笑,你的手脚,
如何的痴恋与祈祷
不能缩短一小寸
你我间的距离!
户外的黄昏已然
凝聚成夜的乌黑,
树枝上挂着冰雪,
鸟雀们典去了它们的啁啾,

沉默是这一致穿孝的宇宙。
钟上的针不断地比着
玄妙的手势，像是指点，
像是同情，像是嘲讽，
每一次到点的打动，我听来是
我自己的心的
活埋的丧钟。

最后的那一天

在春风不再回来的那一年,
在枯枝不再青条的那一天,
那时间天空再没有光照,
只黑蒙蒙的妖氛弥漫着,
太阳,月亮,星光死去了的空间;
在一切标准推翻的那一天,
在一切价值重估的那时间,
暴露在最后审判的威灵中,
一切的虚伪与虚荣与虚空,
赤裸裸的灵魂们匍匐在主的跟前;
我爱,那时间你我再不必张皇,
更不须声诉,辨冤,再不必隐藏,
你我的心,像一朵雪白的并蒂莲,
在爱的青梗上秀挺,欢欣,鲜妍,
在主的跟前,爱是唯一的荣光。

先 生 ！ 先 生 ！

钢丝的车轮

在偏僻的小巷内飞奔——

"先生我给先生请安您哪，先生。"

迎面一蹲身，

一个单布褂的女孩颤动着呼声——

雪白的车轮在冰冷的北风里飞奔。

紧紧的跟，紧紧的跟，

破烂的孩子追赶着铄亮的车轮——

"先生，可怜我一文吧，善心的先生！"

"可怜我的妈，

她又饿又冻又病，躺在道儿边直呻——

您修好，赏给我们一顿窝窝头，您哪，先生！"

"没有带子儿，"

坐车的先生说，车里戴大皮帽的先生——

飞奔，急转的双轮，紧迫，小孩的呼声。

一路旋风似的土尘，

土尘里飞转着银晃晃的车轮——

"先生，可是您出门不能不带钱您哪，先生。"

"先生！……先生！"

紫涨的小孩，气喘着，断续的呼气——

飞奔，飞奔，橡皮的车轮不住的飞奔。

飞奔……先生……

飞奔……先生……

先生……先生……先生……

月　下　雷　峰　影　片

我送你一个雷峰塔影,
满天稠密的黑云和白云;
我送你一个雷峰塔顶,
明月泻影在眠熟的波心。
深深的黑夜,依依的塔影,
团团的月彩,纤纤的波鳞——
假如你我荡一支无遮的小艇,
假如你我创一个完全的梦境!

石 虎 胡 同 七 号

我们的小园庭，有时荡漾着无限温柔：
善笑的藤娘，袒酥怀任团团的柿掌绸缪，
百尺的槐翁，在微风中俯身将棠姑抱搂，
黄狗在篱边，守候睡熟的珀儿，它的小友，
小雀儿新制求婚的艳曲，在媚唱无休——
我们的小园庭，有时荡漾着无限温柔。
我们的小园庭，有时淡描着依稀的梦景；
雨过的苍茫与满庭荫绿，织成无声幽冥，
小蛙独坐在残兰的胸前，听隔院蚓鸣，
一片化不尽的雨云，倦展在老槐树顶，
掠檐前作圆形的舞旋，是蝙蝠，还是蜻蜓？
我们的小园庭，有时淡描着依稀的梦景。
我们的小园庭，有时轻喟着一声奈何；
奈何在暴雨时，雨槌下捣烂鲜红无数，
奈何在新秋时，未凋的青叶惆怅地辞树，
奈何在深夜里，月儿乘云艇归去，西墙已度，
远巷薤露的乐音，一阵阵被冷风吹过——
我们的小园庭，有时轻喟着一声奈何。
我们的小园庭，有时沈浸在快乐之中；

雨后的黄昏，满院只美荫，清香与凉风，
大量的蹇翁，巨樽在手，蹇足直指天空，
一斤，两斤，杯底喝尽，满怀酒欢，满面酒红，
连珠的笑响中，浮沉着神仙似的酒翁——
我们的小园庭，有时沉浸在快乐之中。

沪 杭 车 中

匆匆匆！催催催！
一卷烟，一片山，几点云影，
一道水，一条桥，一支橹声，
一林松，一丛竹，红叶纷纷：
艳色的田野，艳色的秋景，
梦境似的分明，模糊，消隐，——
催催催！是车轮还是光阴？
催老了秋容，催老了人生！

残　诗

怨谁？怨谁？还不是青天里打雷？
关着，锁上；赶明儿瓷花砖上堆灰！
别瞧这白石台阶儿光滑，赶明儿，唉，
石缝里长草，石板上青青的全是莓！
那廊下的青玉缸里养着鱼，真凤尾，
可还有谁给换水，谁给捞草，谁给喂？
要不了三五天准翻着白肚鼓着眼，
不浮着死，也就让冰分儿压一个扁！
顶可怜是那几个红嘴绿毛的鹦哥，
让娘娘教得顶乖，会跟着洞箫唱歌，
真娇养惯，喂食一迟，就叫人名儿骂，
现在，您叫去！就剩空院子给您答话！……

翡 冷 翠 的 一 夜

你真的走了,明天?那我,那我,……
你也不用管,迟早有那一天;
你愿意记着我,就记着我,
要不然趁早忘了这世界上
有我,省得想起时空着恼,
只当是一个梦,一个幻想;
只当是前天我们见的残红,
怯怜怜的在风前抖擞,一瓣,
两瓣,落地,叫人踩,变泥……
唉,叫人踩,变泥——变了泥倒干净,
这半死不活的才叫是受罪,
看着寒伧,累赘,叫人白眼——
天呀!你何苦来,你何苦来……
我可忘不了你,那一天你来,
就比如黑暗的前途见了光彩,
你是我的先生,我爱,我的恩人,
你教给我什么是生命,什么是爱,
你惊醒我的昏迷,偿还我的天真。
没有你我哪知道天是高,草是青?

你摸摸我的心，它这下跳得多快；
再摸我的脸，烧得多焦，亏这夜黑
看不见；爱，我气都喘不过来了，
别亲我了；我受不住这烈火似的活，
这阵子我的灵魂就像是火砖上的
熟铁，在爱的槌子下，砸，砸，火花
四散的飞洒……我晕了，抱着我，
爱，就让我在这儿清静的园内，
闭着眼，死在你的胸前，多美！
头顶白树上的风声，沙沙的，
算是我的丧歌，这一阵清风，
橄榄林里吹来的，带着石榴花香，
就带了我的灵魂走，还有那萤火，
多情的殷勤的萤火，有他们照路，
我到了那三环洞的桥上再停步，
听你在这儿抱着我半暖的身体，
悲声的叫我，亲我，摇我，咂我，……
我就微笑的再跟着清风走，
随他领着我，天堂，地狱，哪儿都成，
反正丢了这可厌的人生，实现这死
在爱里，这爱中心的死，不强如
五百次的投生？……自私，我知道，
可我也管不着……你伴着我死？
什么，不成双就不是完全的"爱死"，
要飞升也得两对翅膀儿打伙，
进了天堂还不一样的要照顾，
我少不了你，你也不能没有我；

要是地狱，我单身去你更不放心，
你说地狱不定比这世界文明
（虽则我不信，）像我这娇嫩的花朵，
难保不再遭风暴，不叫雨打，
那时候我喊你，你也听不分明，——
那不是求解脱反投进了泥坑，
倒叫冷眼的鬼串通了冷心的人，
笑我的命运，笑你懦怯的粗心？
这话也有理，那叫我怎么办呢？
活着难，太难就死也不得自由，
我又不愿你为我牺牲你的前程……
唉！你说还是活着等，等那一天！
有那一天吗？——你在，就是我的信心；
可是天亮你就得走，你真的忍心
丢了我走？我又不能留你，这是命；
但这花，没阳光晒，没甘露浸，
不死也不免瓣尖儿焦萎，多可怜！
你不能忘我，爱，除了在你的心里，
我再没有命；是，我听你的话，我等，
等铁树儿开花我也得耐心等；
爱，你永远是我头顶的一颗明星：
要是不幸死了，我就变一个萤火，
在这园里，挨着草根，暗沉沉的飞，
黄昏飞到半夜，半夜飞到天明，
只愿天空不生云，我望得见天
天上那颗不变的大星，那是你，
但愿你为我多放光明，隔着夜，
隔着天，通着恋爱的灵犀一点……

再 别 康 桥

轻轻的我走了，
正如我轻轻的来；
我轻轻的招手，
作别西天的云彩。

那河畔的金柳
是夕阳中的新娘；
波光里的艳影，
在我的心头荡漾。

软泥上的青荇，
油油的在水底招摇；
在康河的柔波里，
我甘心做一条水草！

那树荫下的一潭，
不是清泉，是天上虹；
揉碎在浮藻间，
沉淀着彩虹似的梦。

寻梦？撑一支长篙，
向青草更青处漫溯，
满载一船星辉，
在星辉斑斓里放歌。

但我不能放歌，
悄悄是别离的笙箫；
夏虫也为我沉默，
沉默是今晚的康桥！

悄悄的我走了，
正如我悄悄的来；
我挥一挥衣袖，
不带走一片云彩。

黄鹂

一掠颜色飞上了树。
"看,一只黄鹂!"有人说。
翘着尾尖,它不作声,
艳异照亮了浓密——
像是春光,火焰,像是热情。
等候它唱,我们静着望,
怕惊了它。但它一展翅,
冲破浓密,化一朵彩云;
它飞了,不见了,没了——
像是春光,火焰,像是热情。

生　活

阴沉，黑暗，毒蛇似的蜿蜒，
生活逼成了一条甬道：
一度陷入，你只可向前，
手们索着冷壁的粘潮，
在妖魔的脏腑内挣扎，
头顶不见一线的天光，
这魂魄，在恐怖的压迫下，
除了消灭更有什么愿望？

残　破

一

深深的在深夜里坐着：
当窗有一团不圆的光亮，
风挟着灰土，在大街上
小巷里奔跑：
我要在枯秃的笔尖上袅出
一种残破的残破的音调，
为要抒写我的残破的思潮。

二

深深的深夜里坐着：
生尖角的夜凉在窗缝里
妒忌屋内残余的暖气，
也不饶恕我的肢体：
但我要用我半干的墨水描成
一些残破的残破的花样，

因为残破,残破是我的思想。

三

深深的在深夜里坐着,
左右是一些丑怪的鬼影:
焦枯的落魄的树木
在冰沉沉的河沿叫喊,
比着绝望的姿势,
正如我要在残破的意识里
重兴起一个残破的天地。

四

深深的在深夜里坐着,
闭上眼回望到过去的云烟:
啊,她还是一枝冷艳的白莲,
斜靠着晓风,万种的玲珑;
但我不是阳光,也不是露水,
我有的只是些残破的呼吸,
如同封锁在壁椽间的群鼠,
追逐着,追求着黑暗与虚无!

我不知道风是在哪一个方向吹

我不知道风

是在哪一个方向吹——

我是在梦中,

在梦的轻波里依洄。

我不知道风

是在哪一个方向吹——

我是在梦中,

她的温存,我的迷醉。

我不知道风

是在哪一个方向吹——

我是在梦中,

甜美是梦里的光辉。

我不知道风

是在哪一个方向吹——

我是在梦中,

她的负心,我的伤悲。

我不知道风

是在哪一个方向吹——

我是在梦中,
在梦的悲哀里心碎!
我不知道风
是在哪一个方向吹——
我是在梦中,
黯淡是梦里的光辉。

云　游

那天你翩翩的在空际云游，
自在，轻盈，你本不想停留
在天的那方或地的那角，
你的愉快是无拦阻的逍遥，
你更不经意在卑微的地面
有一流涧水，虽则你的明艳
在过路时点染了他的空灵，
使他惊醒，将你的倩影抱紧。

他抱紧的是绵密的忧愁，
因为美不能在风光中静止；
他要，你已飞渡万重的山头，
去更阔大的湖海投射影子！
他在为你消瘦，那一流涧水，
在无能的盼望，盼望你飞回！

最后的那一天

在春风不再回来的那一年,
在枯枝不再青条的那一天,
那时间天空再没有光照,
只黑蒙蒙的妖氛弥漫着
太阳,月亮,星光死去了的空间;
在一切标准推翻的那一天,
在一切价值重估的那时间:
暴露在最后审判的威灵中
一切的虚伪与虚荣与虚空:
赤裸裸的灵魂们匍匐在主的跟前;——
我爱,那时间你我再不必张皇,
更不须声诉,辩冤,再不必隐藏,——
你我的心,像一朵雪白的并蒂莲,
在爱的青梗上秀挺,欢欣,鲜妍,——
在主的跟前,爱是唯一的荣光。

康 桥 再 会 吧

康桥,再会吧;
我心头盛满了别离的情绪,
你是我难得的知己,我当年
辞别家乡父母,登太平洋去,
(算来一秋二秋,已过了四度
春秋,浪迹在海外,美土欧洲)
扶桑风色,檀香山芭蕉况味,
平波大海,开拓我心胸神意,
如今都变了梦里的山河,
渺茫明灭,在我灵府的底里;
我母亲临别的泪痕,她弱手
向波轮远去送爱儿的巾色,
海风咸味,海鸟依恋的雅意,
尽是我记忆的珍藏,我每次
摩按,总不免心酸泪落,便想
理箧归家,重向母怀中匐伏,
回复我天伦挚爱的幸福;
我每想人生多少跋涉劳苦,
多少牺牲,都只是枉费无补,

我四载奔波，称名求学，毕竟
在知识道上，采得几茎花草，
在真理山中，爬上几个峰腰，
钧天妙乐，曾否闻得，彩红色，
可仍记得？——但我如何能回答？
我但自喜楼高车快的文明，
不曾将我的心灵污抹，今日
我对此古风古色，桥影藻密，
依然能袒胸相见，惺惺惜别。
康桥，再会吧！
你我相知虽迟，然这一年中
我心灵革命的怒潮，尽冲泻
在你妩媚河身的两岸，此后
清风明月夜，当照见我情热
狂溢的旧痕，尚留草底桥边，
明年燕子归来，当记我幽叹
音节，歌吟声息，缦烂的云纹
霞彩，应反映我的思想情感，
此日撒向天空的恋意诗心，
赞颂穆静腾辉的晚景，清晨
富丽的温柔；听！那和缓的钟声
解释了新秋凉绪，旅人别意，
我精魂腾跃，满想化入音波，
震天彻地，弥盖我爱的康桥，
如慈母之于睡儿，缓抱软吻；
康桥！汝永为我精神依恋之乡！
此去身虽万里，梦魂必常绕

汝左右，任地中海疾风东指，
我亦必纤道西回，瞻望颜色；
归家后我母若问海外交好，
我必首数康桥；在温情冬夜
腊梅前，再细辨此日相与况味；
设如我星明有福，素愿竟酬，
则来春花香时节，当复西航，
重来此地，再捡起诗针诗线，
绣我理想生命的鲜花，实现
年来梦境缠绵的销魂踪迹，
散香柔韵节，增媚河上风流；
故我别意虽深，我愿望亦密，
昨宵明月照林，我已向倾吐
心胸的蕴积，今晨雨色凄清，
小鸟无欢，难道也为是怅别
情深，累藤长草茂，涕泪交零！
康桥！山中有黄金，天上有明星，
人生至宝是情爱交感，即使
山中金尽，天上星散，同情还
永远是宇宙间不尽的黄金，
不昧的明星；赖你和悦宁静
的环境，和圣洁欢乐的光阴，
我心我智，方始经爬梳洗涤，
灵苗随春草怒生，沐日月光辉，
听自然音乐，哺啜古今不朽
——强半汝亲栽育——的文艺精英：
恍登万丈高峰，猛回头惊见

真善美浩瀚的光华,覆翼在
人道蠕动的下界,朗然照出
生命的经纬脉络,血赤金黄,
尽是爱主恋神的辛勤手绩;
康桥!你岂非是我生命的泉源?
你惠我珍品,数不胜数;最难忘
骞士德顿桥下的星磷坝乐,
弹舞殷勤,我常夜半凭阑干,
倾听牧地黑影中倦牛夜嚼,
水草间鱼跃虫嗤,轻挑静寞;
难忘春阳晚照,泼翻一海纯金,
淹没了寺塔钟楼,长垣短堞,
千百家屋顶烟突,白水青田,
难忘茂林中老树纵横;巨干上
黛薄荼青,却教斜刺的朝霞,
抹上些微胭脂春意,忸怩神色;
难忘七月的黄昏,远树凝寂,
像墨泼的山形,衬出轻柔暝色,
密稠稠,七分鹅黄,三分橘绿,
那妙意只可去秋梦边缘捕捉;
难忘榆荫中深宵清啭的诗禽,
一腔情热,教玫瑰嚼泪点首,
满天星环舞幽吟,款住远近
浪漫的梦魂,深深迷恋香境;
难忘村里姑娘的腮红颈白;
难忘屏绣康河的垂柳婆娑,
婀娜的克莱亚,硕美的校友居;

198

——但我如何能尽数，总之此地
人天妙合，虽微如寸芥残垣，
亦不乏纯美精神：流贯其间，
而此精神，正如宛次宛士所谓
"通我血液，浃我心脏"，有"镇驯
矫饬之功"；我此去虽归乡土，
而临行怫怫，转若离家赴远；
康桥！我故里闻此，能弗怨汝
僭爱，然我自有谠言代汝答付；
我今去了，记好明春新杨梅
上市时节，盼我含笑归来，
再见吧，我爱的康桥！

火　车　擒　住　轨

火车擒住轨,在黑夜里奔:
过山,过水,过陈死人的坟;
过桥,听钢骨牛喘似的叫,
过荒野,过门户破烂的庙;
过池塘,群蛙在黑水里打鼓,
过噤口的村庄,不见一粒火;
过冰清的小站,上下没有客,
月台袒露着肚子,像是罪恶。
这时车的呻吟惊醒了天上
三两个星,躲在云缝里张望;
那是干什么的,他们在疑问,
大凉夜不歇着,直闹又是哼,
长虫似的一条,呼吸是火焰,
一死儿往暗里闯,不顾危险,
就凭那精窄的两道,算是轨,
驮着这份重,梦一般的累坠。
累坠!那些奇异的善良的人,
放平了心安睡,把他们不论
俊的村的命全盘交给了它,

不论爬的是高山还是低洼，
不问深林里有怪鸟在诅咒，
天象的辉煌全对着毁灭走；
只图眼着过得，裂大嘴打呼，
明儿车一到，抢了皮包走路！
这态度也不错！愁没有个底；
你我在天空，那天也不休息，
睁大了眼，什么事都看分明，
但自己又何尝能支使运命？
说什么光明，智慧永恒的美，
彼此同是在一条线上受罪，
就差你我的寿数比他们强，
这玩艺反正是一片湖涂账。